De rares nuages

JEAN-FRANÇOIS DUPONT

De rares nuages

ASPHALTE

DU MÊME AUTEUR

Par temps de neige (éditions Nykta), 2005
Âge limite (éditions Jacques André), 2006
La Prison du peuple (éditions Morelière), 2006
J'ai empaillé mes amis (éditions Jacques André), 2007
Avenue Salengro (éditions Jacques André), 2007
Ma puce (éditions Jacques André), 2008
Sparring-partner (éditions Jacques André), 2009
Passé la frontière (éditions Jacques André), 2010
Via Dante et autres issues (éditions Jacques André), 2011
Souvent, je pense à Jack (éditions La Passe du vent), 2013
Effets personnels (éditions Jacques André), 2014
Le Phare de San Nicolò (éditions L'Harmattan), 2018
Villa Wexler (Asphalte poche), 2023
L'Échappée (Asphalte), 2024

Asphalte éditions
Cour Alsace-Lorraine
67 rue de Reuilly
75012 Paris
www.asphalte-editions.com

ISBN : 978-2-36533-305-4

Couverture et mise en page : Flora Monnin

« Dites-moi où habite la lumière
et quel est le lieu des ténèbres. »
Livre de Job

On ne tiendra pas rigueur de cette approximation à la station météo locale. En réalité, le ciel est d'un bleu absolu ce matin-là. La gendarmerie ne recueillera aucune déposition sérieuse sur l'instant précis de la catastrophe. À croire que personne n'est ému par cette pureté au cœur de laquelle deux appareils vont se heurter en plein vol.

La collision paraît s'être produite à l'insu des Terriens, dans un impossible silence. Comme s'il n'avait pas eu lieu. Soudain, la déflagration a ébranlé la contrée, le ciel s'est déchiré, des milliers de particules se sont volatilisées, provoquant comme une éclipse au-dessus des collines et de leurs environs. Plus tard, Simon songera aux pilotes des deux avions, qui ont peut-être ressenti l'effroi de s'entrevoir un millième de seconde dans cette clarté céleste. Des centaines de gens sont morts. Il paraît qu'un corps sanglé sur son siège a été retrouvé dans la piscine d'une villa.

Mais Simon ne sait encore rien de tout ça.

Simon patiente à l'aéroport. Il est arrivé en avance à Saint-Exupéry et s'est surpris à commander au bar une eau gazeuse. Peut-être parce qu'il ne se voyait pas demander une eau dite *plate*. C'est pourtant ce qu'il préfère. Boire de l'eau, juste de l'eau. Il suppose qu'il le fera jusqu'à la fin de ses jours. Comme une forme d'éthique, un signe de pureté qui le relie à son plus jeune âge. Il lui arrive encore de boire au robinet et ça fait rire ses enfants.

Il y a donc cet intervalle qu'il s'accorde, ce Perrier tranche, comme une petite fête de bulles, ces gens qui rient à côté de lui et puis le reste, le va-et-vient, le brouhaha policé des passagers dans un aéroport européen. On passera sur la première annonce et l'écran qui affiche un retard pour le vol en provenance de Stuttgart. Un retard, voilà, sans plus de précision.

Une heure au moins s'écoule avant que Simon ne descende se renseigner au niveau inférieur, guichet Lufthansa. Il n'est pas le seul. Désolé monsieur, les retards sont fréquents et pour l'instant, nous n'avons pas plus d'informations que vous. L'hôtesse qui le renseigne d'une manière évasive est d'une rare beauté et d'une blondeur si naturelle, semblable à celle de Beate. Ça le gêne même d'y être sensible. D'autant qu'après lui avoir largement souri, elle lui adresse un regard appuyé avant qu'il ne rougisse et s'en aille.

Pour le moment, les gens sont juste un peu contrariés, chacun semble avoir pris sur son temps pour venir un jeudi matin chercher un proche. Certains sont peut-être en vacances, mais d'autres regardent leur smartphone ou leur montre un peu trop souvent. Une sorte de frémissement parcourt ces grappes humaines. Simon remonte au niveau supérieur. Son verre entamé est toujours là. Il prend son portable, considère de nouveau la photo que Beate lui a envoyée avant le décollage. Un selfie familial. Petra sourit comme une poseuse, Max esquisse une grimace, Beate fixe l'objectif avec application. Derrière, le hublot est flou.

Vient un moment où le volume sonore déborde. Les gens ne tiennent plus en place, parlent fort et se prennent à témoin. Les visages ne cessent de changer d'expression, les têtes, de pivoter. Sur l'écran des arrivées, toujours cette mention : Retard. C'est pas possible, on ne peut pas en savoir plus ? Les portes opaques glissent par instant. Des voyageurs continuent d'apparaître, insensibles à la tension qui règne. Des proches se retrouvent et s'étreignent. Bientôt, d'autres vols affichent un retard, sans qu'on en mentionne la durée.

Les portes glissent encore une fois et surgit un homme en costume bleu nuit, la quarantaine, un talkie-walkie grésillant à la main. On dirait une sorte de porte-parole. D'ailleurs, certains l'interpellent. En guise de réponse, il effectue de grands gestes très vagues. Simon se rapproche. L'homme jette un coup d'œil à sa montre. Très vite, il tourne le dos à tous ces gens et extirpe son portable. Il paraît acquiescer à son interlocuteur, et ce, de plus en plus lentement.

Bon, il est où ce zinc ? peste un papy. Simon ne peut s'empêcher de circuler au milieu de cette agitation. Il capte des mots, avance au hasard, fait comme s'il n'était pas concerné. Un homme grisonnant vient d'émerger d'un local de service.

Pas que ça l'enchante, ça se voit. Le costume gris, la chemise parme. Son sérieux ne sent pas bon. On se presse aussitôt autour de lui. Deux personnes qu'on qualifierait de techniciens s'affairent autour d'un micro et de ses enceintes. Ça crachote. L'homme grisonnant sort à son tour son portable, compose un numéro, parle. Hoche la tête nombre de fois. Ça ne crachote plus. C'est bon. Mesdames, messieurs... Le contact avec le vol LH 764 en provenance de Stuttgart a été rompu. Nous faisons tout pour le rétablir. En attendant, nous vous invitons à rejoindre dans un premier temps le comptoir Lufthansa afin...

Simon s'est frayé un passage à travers la cohue. Ce qu'on pourrait trouver étrange dans sa réaction, c'est son désir de fuite. Il fout le camp. Retrouve sa voiture et branche la radio qui en sait autant que l'homme à la chemise parme. Il emprunte la bretelle de sortie. Dans sa tête de boussole, il envisage des trajectoires. Mais à quoi bon ? Stuttgart ou ailleurs, c'est pareil. Depuis, le ciel est moins bleu, presque blanchâtre. Une poignée de kilomètres plus loin, la Lancia de Simon glisse sur le parking qui surplombe les pistes de l'aéroport.

Il y a toujours des fondus qui scrutent le va-et-vient des avions et notent leurs immatriculations dans des carnets. Simon se dirige vers l'un d'eux, lequel ne cesse de plonger dans sa voiture, où bourdonne une radio, et de s'en extraire. Un petit brun avec une moustache très fine. Avant même qu'il ne le salue, l'autre lui fait signe de la fermer. Il écoute. Des voix en anglais, en français, langage technique, numéros, aéroports. Sans doute des échanges du contrôle aérien. Il y a le normal, les vols qui se posent et décollent, et il y a l'affolement. Une des voix semble dérailler. *Son* vol a disparu. Il est où, putain ?

Cette voix, ces dialogues, ce charivari sonore, Simon ne retient que peu de mots. Le petit brun finit par lui demander ce qu'il veut. Simon dit : Rien. C'est l'avion de Stuttgart, c'est ça ? D'autres appareils atterrissent encore. Feulements des fuselages. Si près sous leurs yeux. Affirmatif, clame un type à côté. Sa voix de métal semble désormais s'adresser à tout le parking. Comme s'il tenait un scoop. Y'a un avion qui s'est cassé la gueule. J'ai des potes, là, qui confirment.

Et Simon écoute. Ça s'excite beaucoup d'un habitacle à l'autre. *Yes, yes*... Il paraît que. Zone crash confirmée. Simon rôde autour des voitures voisines. Comme si le monde continuait de tourner, un homme vêtu d'une espèce de blouson d'aviateur continue d'observer tranquillement les atterrissages avec ses jumelles.

Autre appareil impliqué. Ouais. Provenance Genève, on dit. Quel type d'appareil ? Non identifié. *Over*. Personne ne prête attention à la présence de Simon. Ces types jubilent de lâcher des infos dans leur jargon. Crachotements. *Repeat*. Parasites. *Over*. Quand il part, il sait des choses. Deux avions se sont heurtés au-dessus du Bugey, à la verticale de la commune de Vaux. Il voit à peu près où c'est.

◆

La réalité n'a pas atteint sa conscience. Simon roule et tente juste de se repérer à chaque échangeur. Il se trompe plusieurs fois et finit par s'arrêter sur la bande d'urgence. Pourquoi est-il là, bordel ? Il active la navigation routière et redémarre. Une voix féminine l'accompagne. Des hélicoptères traversent le ciel à basse altitude. Rouge, bleu, jaune. Simon est à plus de 150 kilomètres-heure quand un break du Samu le dépasse. Il se glisse dans son sillage, comme hypnotisé par le gyrophare. Genève 130 kilomètres, Milan 425 kilomètres. Ils ne sont jamais allés dans ces villes ensemble. Des images défilent trop vite. Des plages, des routes, d'autres villes.

Bientôt quarante minutes qu'il roule. Il allume la radio. La voix de l'homme à la chemise parme. « Je n'ai pas tous les éléments… Je ne peux m'avancer davantage. » Brouhaha, crépitements d'appareils photo. Il doit répondre à des journalistes. On a déjà changé de sujet. Simon n'entend plus que des bribes. L'indicatif musical annonce les sports. Il est question d'un match historique. La douleur surgit d'un coup et l'envahit. Il se cramponne au volant, le serre autant qu'il peut. Coupe la radio.

Peut-être qu'il aurait dû rester à l'aéroport. Avec les autres. Le doute ne dure pas. Son envie à lui, c'est juste d'être le plus proche des siens, c'est tout. Il n'est pas foudroyé par la douleur. Il est nulle part, ailleurs dans le temps. Simon ne s'appartient plus. La voiture jaune et bleue du Samu, le gyrophare, c'est tout. Soudain, il boxe du poing le tableau de bord.

Passé une dernière côte, l'autoroute amorce sa descente sur la plaine qui s'allonge loin, jusqu'aux collines du Bugey. D'ici, Simon distingue les hélicoptères qui voltigent sur les hauteurs. Des nuages de fumée s'élèvent par endroits. Éclats de lumière. Un radar vient de flasher la voiture du Samu puis la sienne. La voix artificielle lui annonce : « Empruntez la prochaine sortie dans sept kilomètres. »

Au péage, il perd de vue le véhicule du Samu. Une colonne d'ambulances et de camions rouges stationne sur le côté. Un groupe de pompiers semble écouter les consignes d'un gradé. Simon a soif. Il pense à son verre d'eau gazeuse à l'aéroport. Quelqu'un a dû finir par l'ôter du zinc. Il se dit que c'était avant. Sa femme et ses enfants étaient déjà morts, mais il ne le savait pas. C'est la première fois qu'il se dit qu'ils sont *vraiment* morts.

Un giratoire, puis un autre. Il contourne une petite ville par une sorte de voie rapide. Zone commerciale, fast-foods et bâtiments aussi moches qu'indistincts. Les collines sont juste là, de l'autre côté de cette cité. Il consulte son portable. Reste quatre kilomètres. Au rond-point suivant, il prend la direction de Vaux. Nouvelle colonne de véhicules de secours à l'arrêt sur le bas-côté. Vrombissements d'hélicoptères. Deux véhicules bleu nuit le dépassent, sirènes hurlantes. Simon accélère et les suit.

Ils empruntent une petite route en lacets en direction des fumées qui s'élèvent. La végétation et les arbres se font de plus en plus denses. Des camionnettes de gendarmerie stationnent dans les premiers virages et des hommes en treillis se disposent comme pour boucler le secteur. Soudain, sur la chaussée, une valise éclatée, un siège, un éclat de fuselage. Les voitures bleu nuit slaloment entre les objets qui jonchent le bitume. Sur la droite, un sapin décapité et dans le fossé un premier cadavre, peut-être un homme, à moitié dévêtu.

Une rangée de pompiers s'emploient à dégager la route encombrée. Ils le font avec précaution, tendant à leurs voisins des débris que d'autres déposent sur des tapis de plastique installés sur le bas-côté. Nouveau cadavre dans un arbre. Simon l'observe autant qu'il peut. Encore un homme, corps disloqué. Une colonne de gendarmes longe le bas-côté. Ils s'immobilisent au garde-à-vous pour saluer les voitures bleu nuit et la sienne. Sa Lancia noire en impose.

Son portable se met à vibrer. Wimmer. Ce dernier a-t-il eu connaissance de l'accident ? Simon prend conscience qu'après avoir bouclé la visite du chantier, il est aussitôt parti à l'aéroport. En costume cravate. Son appareil a cessé de vibrer. Un pompier écarte un chariot à repas encore sur ses roulettes. Une canette jaune en chute et roule sur le goudron. Simon entrebâille sa glace pour mieux respirer. Il écoute le message de son collaborateur. Wimmer lui demande de le rappeler. Oh rien d'urgent. Une bricole à régler sur le projet Duguesclin. Allez... À demain, au bureau. Bises à ta p'tite famille.

La montée est de nouveau praticable. Plusieurs camions kaki le suivent désormais. Le convoi dont il fait partie contourne lentement les obstacles. Surtout des valises et des pièces d'avion. Une peluche. L'étui d'une guitare. Un sac à dos. Le poison de la douleur s'insinue en lui, au rythme d'une perfusion intraveineuse. Il ne sait d'ailleurs plus s'il est encore conscient. S'il est dans un rêve ou dans un film. Une nouvelle valise. Simon se souvient brutalement de sa visite d'Auschwitz. De cette espèce d'aquarium où l'on avait disposé les effets personnels des déportés. Beate avait éclaté en sanglots et s'était soudain mise à parler en allemand.

Ils débouchent sur une sorte de vaste plateau. Sur ce qui devait faire office de parking pour promeneurs, des hommes entament le montage de barnums médicaux. Un peu plus loin, d'autres sauveteurs débarquent du matériel d'un hélicoptère gros porteur. Autour et au-delà, la forêt, cisaillée et noircie par endroits, et des champs parsemés de décombres, notamment une partie de fuselage encore fumant et un empennage que Simon identifie comme étant celui de la Lufthansa.

Les deux voitures bleu nuit se sont arrêtées à la hauteur des installations en cours de montage. Devant sa propre hésitation, les camions ont dépassé Simon. Il fait demi-tour et se gare en lisière des bois. À cet endroit, c'est comme s'il n'était qu'un cueilleur de champignons. La nature y semble indemne. Il jette un œil dans son rétroviseur. Personne ne semble prêter attention à sa présence. D'autres camions rouges apparaissent.

Il sort de sa Lancia, le portable à l'oreille, l'air concentré et commence à se diriger vers l'épave de la Lufthansa. Il fait mine d'acquiescer au téléphone. L'hélicoptère gros porteur décolle dans un fracas qui lui semble épouvantable. Il s'estime assez loin pour détailler ce qui l'entoure. Simon a envie d'éclater en sanglots. Mais il s'efforce de dire oui dans le combiné. Oui, oui, oui.

◆

Il croise un sauveteur en combinaison orange. L'homme le dévisage mais n'ose lui adresser la parole. Simon a du mal à progresser dans ses chaussures de ville. Un autre hélicoptère sillonne la zone comme pour délimiter le périmètre de la catastrophe. N'approchez pas, monsieur, il y a encore un risque d'explosion ! Il est à une dizaine de mètres de l'épave. Une série de hublots calcinés. On doit le prendre pour un officiel. Les vrais officiels, ceux des voitures bleu nuit, avancent dans sa direction.

Simon s'éloigne et emprunte un sentier qui paraît traverser ce champ de bataille. Il ne sait pas où il va. Il sait juste qu'il veut être avec *eux*, avec les siens. La déclivité du terrain le soustrait bientôt à tous les regards. Le téléphone toujours collé à l'oreille, il se met à zigzaguer entre les valises éclatées, les corps mutilés et les objets qui leur appartenaient. Ailleurs, on le prendrait pour un homme ivre.

◆

Beate, Petra, Max. Ils sont là, quelque part, tous les trois. Tous les trois et lui. Pour la première fois, il imagine le choc des deux appareils. L'explosion au ralenti et la chute de ses proches dans le ciel trop bleu. Une chaussure de femme. Une trousse de toilette. Une casquette Adidas. Simon parvient à la hauteur d'une aile de l'avion. Plus loin, un réacteur achève de brûler.

Il observe l'hélicoptère, dont la zone de survol a été peu à peu élargie. Un autre gros porteur est en train de se poser à plus d'un kilomètre. Des voix se font de plus en plus sonores derrière lui. Ces voix trop sûres d'elles. Simon se boucherait les oreilles. Préfet. Morts. Stockage. Il s'éloigne, tente de se rendre invisible.

Les quelques nuages se sont dissipés. Simon a soif. Enfant, il croyait que le ciel était un océan d'eau douce. Ce bleu l'hypnotisait et il rêvait de le boire. Les voix des officiels se sont évanouies. Il les entrevoit qui s'en retournent vers les tentes blanches. Il gravit une sorte de tertre pour mieux envisager la situation. Les sauveteurs sont nettement plus nombreux. Certains quadrillent la zone avec de la rubalise. D'autres avancent lentement, s'arrêtent parfois et posent un plot bicolore. Ce qu'on appelle dans son métier un cône de Lübeck. Il dérape sur le sol instable et manque tomber.

À un moment ou à un autre, quelqu'un va lui demander ce qu'il fait là. Simon s'enfonce dans le bois le plus proche. La semi-pénombre a un sale effet sur lui. Aussitôt, il a besoin de se raccrocher à quelque chose. Connecter son téléphone sur une radio. France Info. Une musique exotique accompagne le déroulé d'une recette culinaire. Il vient de heurter un truc. De la chair. Peut-être une jambe ? Il y a comme des puits de lumière provoqués par la chute des objets et des corps. Un biberon. Un magazine. Un collier de perles suspendu à une branche.

Flash info. On apprend que le second appareil impliqué dans la catastrophe était un Boeing cargo DHL avec, pour tout personnel, un commandant et son copilote. On apprend aussi que l'accident pourrait être dû à une erreur d'aiguillage, une erreur humaine. Mais l'enquête ne fait que commencer. Notes musicales. Il coupe la radio. On dirait que le vent s'est levé, produisant par intermittences de vagues courants d'air. D'un coup, c'est comme si ses oreilles s'étaient débouchées. Tout autour de lui chantent les oiseaux et bruissent les insectes.

Simon va n'importe où et ne fait qu'esquiver les éclats qui ont chuté du ciel. La forêt s'assombrit. Un téléphone sonne. Soudain, il entrevoit dans des branches le cadavre d'une fillette. Il s'approche, écarte le feuillage. Il pourrait la toucher. Elle est vêtue d'une jupe courte, d'un petit haut, les jambes blanches, le visage étonnamment intact. Seule la masse de ses cheveux roux semble fendue par une crevasse sanguinolente.

Des voix s'interpellent et semblent se rapprocher, lui s'éloigne de la petite morte. Un skateboard, une tablette et toutes ces valises éparpillées comme s'il en avait plu. Beate avait décidé de voyager léger. Chacun son petit bagage cabine. Simon se souvient de cet achat dans une grande surface. La rose ! Je la veux ! Petra avait été la plus rapide. Mais les deux autres bagages ? Il est incapable de se rappeler leur couleur.

Les hélicoptères ont dû interrompre provisoirement leurs rotations. Pour la première fois, il prête attention au bruit de ses pas qui s'enfoncent dans le sol mou. Simon s'arrête pour pisser. Il hésite, fouille du regard avant de se soulager. C'est peu après qu'il perçoit comme des tintements métalliques. Une sorte de musique incohérente. Dis, papa, ça existe vraiment le royaume des morts ? lui avait un jour demandé sa fille. Voilà à quoi lui fait aussitôt songer cette rumeur. Des fantômes qui erreraient en secouant leurs chaînes.

Des filins d'acier s'agitent entre deux arbres et, par instants, s'entrechoquent. Simon reste pantois devant ce balancement dérisoire. Il ne sait plus ce qu'il embrasse du regard. Les filins dansants, les troncs couverts de mousse, l'infime trouée de ciel sombre. Soudain, un craquement dans son dos le fait sursauter. Des branches achèvent de se briser et laissent chuter dans un grand fracas une rangée de sièges vides.

La lumière ne transperce bientôt plus le dôme de la forêt. Et Simon a la tête si vide qu'il continue à marcher, sans direction aucune. Il se contente d'esquiver les fourrés. Les feuillages lui giflent parfois le visage. Les hélicoptères ont cessé de survoler les lieux et les voix des sauveteurs se sont également dissoutes. Il bute sur une masse molle. La dépouille d'une bête que la pénombre rend effrayante. Un sanglier. La tête écrabouillée par ce qui semble être un chariot de cuisine.

Simon avance toujours dans la nuit. Il ne cherche pas à savoir l'heure. Le désir est grand de s'enfoncer sous la terre. Marcher dans les entrailles, ne plus penser à rien. Il ressasse cette image d'un tunnel sans fin. Les oiseaux ne chantent plus. Il foule un tapis de mousse et sa douceur le surprend.

◆

Simon a la sensation de sortir du coma. Comment a-t-il pu s'affaler sur le sol et s'endormir comme ça ? La douleur le perfore aussitôt. Un téléphone sonne quelque part, pas très loin, dans les fourrés. Il extirpe le sien. 2 h 17. Hier, à cette heure, ils dormaient, bien vivants. Avec Beate, ils ne s'étaient pas appelés longtemps. Juste des détails pratiques. L'heure de l'avion. La vibration joyeuse derrière la voix de son épouse. Les enfants, les grands-parents. Tout le monde l'embrassait.

Il s'imagine vu du ciel, étendu sur le ventre, le visage enfoui dans la mousse. Les pleurs viennent. Des pleurs sonores, des hurlements. Ses pensées filent, absurdes, vides, comme si lui-même n'existait plus. Seule sa gorge sèche lui rappelle à son corps. Et puis ses larmes qui reviennent par vagues folles. Il crie. De petites phrases. Comme des spasmes.

C'est pas possible. C'est pas juste. C'est pas vrai.

Simon se blottit sur la mousse. S'y roule comme son chien quand il était petit. Bobby. Ce nom qui surgit d'où ? Son rêve d'enfant, c'était que Bobby dorme dans sa chambre. Non, on t'a déjà dit non. Il dort dans son panier et c'est tout. Un soir, très tard, il s'était allongé dans le couloir pour rester avec Bobby. Le froid du carrelage le traverse encore. Son pyjama. Son oreiller. L'odeur unique de l'animal. Mettre le nez dans son pelage. L'entendre haleter.

Ses yeux se sont refermés et il replonge dans le sommeil. La mousse comme un oreiller. Simon se sent glisser avec lenteur. Le précipice de l'oubli.

Quand il reprend conscience, le sol lui semble râpeux sur son visage. Son corps comme recroquevillé autour d'un tronc. Il ne se rappelle pas avoir ôté ses chaussures. Ses mains et ses pieds le démangent. Il claque un moustique sur sa joue.

Lueur de crypte. Cinq heures dix à sa montre. L'aube. Comment a-t-il pu dormir si longtemps ? C'est tellement flou dans sa tête. Sa bouche est pareille à du papier mâché. Soudain, la voix de la radio lui revient. Une erreur d'aiguillage, une erreur humaine.

Une première fois, il tente de se relever. Tout s'efface sous lui et il s'affale. Simon se souvient d'avoir rêvé de Napoléon. Non, pas tout à fait. Plutôt à un champ de bataille où il errait lui-même à la recherche de l'empereur. Il voulait lui dire un truc, quelque chose d'important, mais quoi ?

Orphelin. Il est orphelin des siens. Ils sont là, tout près, mais morts. Hier à la même heure, ils dormaient, vivants. Il a du mal à fixer dans sa tête les visages de sa femme et de ses enfants. Les images flottent, s'envolent et se muent en sombres volatiles. Le cinglant claquement des pales le fait tressaillir. Comme sorti de nulle part, un hélicoptère vient de le survoler. Simon remet ses chaussures avec peine. Il se relève, s'adosse à un arbre. Ça le démange. Il s'est fait bouffer par les moustiques. Un téléphone sonne quelque part dans les fourrés. Peut-être le même que cette nuit.

Là, juste à ses pieds. Une gourde isotherme, rose. Il s'en empare, la secoue et goûte son contenu. De l'eau. De l'eau pure et encore fraîche. Il prend son temps. Petites gorgées. Petits gestes. Cette fraîcheur d'avant. Il laisse glisser les dernières gouttes sur sa langue.

La gourde porte un prénom. Monika. Il écarte l'objet à bout de bras et s'empresse de le déposer sur le sol. Il s'éloigne très vite. La forêt s'est réveillée. Simon s'enfonce dans des fourrés. Les ronces le fouettent, le repoussent, le griffent. Il finit par plonger, les yeux clos, comme on se précipiterait dans un gouffre.

Simon sent d'abord le coussin trop mou, le rouge, celui qu'il n'aime pas. Ce bruit de fond. Un klaxon amorti. Le bruissement infime de l'ascenseur. Il n'ouvre pas les yeux. Pas tout de suite.

Cette chaleur.

Le coussin est humide de sa bave. Il est à poil, sauf une chaussette. Il plaque sa tête contre le dossier du canapé. S'il pouvait faire le noir dans sa boite crânienne. Pourquoi il n'est pas dans son lit ? Il se retourne. L'écran de la télé, son coupé. Lumière du jour. Pendule : 16 heures 22.

Les anxiolytiques de Beate l'ont assommé. Il se revoit gober une poignée de barrettes. Il est encore cotonneux, loin de sa vie. Ça ne va pas durer. Il parvient à se lever pour activer la clim. Regarder par la baie vitrée les voitures, le Rhône. Revenir se poser. Reprendre une barrette. La laisser fondre sur sa langue.

Il ôte son unique chaussette et, pour la première fois, s'attarde sur la télé. Une jeune femme trop souriante commente une carte météo. Un bandeau défile. Crash aérien : 158 morts. Simon se relève et vient s'accouder au bar de la cuisine. Les magnets sur le frigo. Les photos.

Son visage et ses mains le cuisent et le démangent. Ses paumes boursouflées d'éraflures. Ses ongles noirs. Il laisse tomber son front sur le plateau du bar. Ça lui revient un peu.

Le retour en voiture. Des gyrophares. L'autoroute. Le parking souterrain. La clé glissée dans la serrure de l'appartement. Le souffle apaisant de la porte. Après, il ne se souvient plus.

Il voudrait pleurer, ça ne veut pas venir. Il va se servir un verre d'eau. Ouvre et referme le frigo. Il ne peut pas rester nu, ça le gêne. Oui, c'est sûr, il est seul, mais quand même. Il retourne voir le Rhône. La lumière du dehors.

Toutes les portes des chambres sont fermées. Il ne fait que passer et se réfugie dans la salle de bain. Il n'a pas envie de voir son reflet, mais ça lui bouffe trop la peau. Ne pas se regarder dans les yeux. Le reste. Il est bien abimé. Cette gueule. Et ses mains. Il ôte son caleçon et se glisse sous la douche. Il hésite un instant avant d'ouvrir le robinet. L'eau effacera à tout jamais le corps de l'homme qu'il était hier.

◆

Il branche son téléphone. Instantanément, l'appareil se met à vibrer. Manfred. Son beau-frère prononce quelques phrases en français, se perd dans ses mots. Il devine les parents derrière. Simon, Simon. Lui aussi bataille avec son allemand de base. Non, il ne sait encore rien. Français. Allemand. Français. Hannah, la mère, pleure fort. Ça dure comme ça, avec les mêmes mots qui reviennent. Non, il ne sait pas. Plus tard. Oui. *Später. Auf wiedersehen*. Il bascule sur le canapé.

Cette expression lui revient. Compter ses amis sur la main gauche de Django Reinhardt. Simon se demande bien qui il pourrait appeler. Pour dire quoi. Il se sent tellement loin des gens. Encore l'image du champ de bataille. Un fantassin qui aurait dépassé les lignes ennemies. Un petit soldat esseulé au milieu de plus rien, et sans arme.

À trente-huit ans, il y avait longtemps qu'il n'appelait plus ni père ni mère. Ces derniers s'étaient séparés, remariés, ils avaient eu d'autres enfants et fondé d'autres familles, aux deux bouts de la France. Tout ce que Simon ne voulait pas pour lui et les siens. Pas tomber dans ce bazar de l'amour décomposé. Combien de Noëls passés dans sa belle-famille en Allemagne ? Ses propres parents avaient fini par ne plus donner signe de vie. Et lui non plus. Des images d'enterrement le perforent subitement, les trois cercueils, un prêtre, une assistance abstraite. Ce sera ça. Il se revoit aussi dans la forêt obscure. Tous ces téléphones qui appellent des morts.

◆

Son portable se met à vrombir de nouveau sur le parquet. Simon attend que l'objet cesse de remuer. Wimmer a laissé deux messages. Son collaborateur se dit bouleversé. Je te rappelle. Courage. Manfred trois fois. On entend encore la mère sangloter. Puis une voix masculine, faussement assurée, un représentant de Lufthansa. Des mots neutres et flous, mais lâchés lentement, avec des points de suspension qui invitent à rappeler au numéro suivant.

Un truc le démange sur le ventre. Une petite boule noire près du nombril. Merde, une tique. Ça l'occupe quelques minutes. Une pince à épiler, du coton, de la Bétadine. Il n'est pas certain d'avoir ôté toute cette saleté gorgée de son sang. Il s'en fout, en fait.

Quelque chose lui donnerait-il un semblant de force ? Il envie brièvement les alcooliques qui se donnent du courage avec leur breuvage. Les drogués, ça doit être pareil. Planer pour ne plus rien savoir. J'ai tout perdu mais je ne suis plus là. Aux abonnés absents. Lui ne peut même pas mourir. Pour le moment, il n'a pas le droit.

Il s'immobilise devant le piano, se saisit de la partition avant de refermer le couvercle du clavier. Chopin. Il revoit Beate en train de jouer. Une demi-seconde et plus rien n'existe. Ni cette photo encadrée au mur, ni ce bracelet de coquillages suspendu à une lampe d'appoint. Rien.

Nous voilà quatre mois plus tard dans le bureau du professeur Blandon, médecin-psychiatre, expert en troubles post-traumatiques. Face à lui et son immense bureau, Simon, vêtu de son inusable battle-dress, comme aurait dit son grand-père. Une infirmière lui a commandé sur le net un jean Gap et des New Balance. C'est la première fois qu'il porte de nouveau des vêtements de la vraie vie. À ses côtés, son ami Nicolas Dmytryk. Le médecin a tenu à rencontrer quelqu'un d'extérieur aux familles. C'était un peu compliqué, vous savez. La barrière de la langue d'un côté, le manque de... disons, d'implication, de l'autre... Je tenais à m'entretenir avec un vrai ami de Simon et je sais qu'il n'en a pas beaucoup. Ce qu'il ne sait pas, c'est que Dmytryk réside onze mois sur douze dans l'émirat de Bahreïn et ne fait que passer quelques jours à Lyon en été et pour Noël.

Simon écoute et regarde Blandon, qui reprend le déroulé des événements depuis le crash aérien. On parle de lui à la troisième personne et parfois, le médecin se tourne dans sa direction, l'air de mesurer son attention. Il marque des ponctuations dans son récit, reprend et fixe Dmytryk, lequel acquiesce d'un air d'autant plus concerné qu'il découvre certains faits. On en est justement à la tentative de suicide de Simon, trois jours après les funérailles. De quel pont déjà avez-vous sauté, Simon ?

Blandon finit par se lever. C'est un homme pas très grand mais massif. Il porte une blouse comme autrefois. Il s'appuie une poignée de secondes sur son bureau puis en fait lentement le tour, le temps que ses interlocuteurs se lèvent également. La scène d'au revoir est brève et silencieuse. Au moment d'ouvrir la porte, Blandon pose une main mi-tendre, mi-ferme sur l'épaule de Simon, qu'il retient un instant. Juste un souffle. Nous sommes là.

Dans la voiture, Dmytryk ne réclame pas d'explications supplémentaires et tâche de retrouver sa voix d'ami, peut-être celle d'avant. Ils ne se sont pas revus depuis combien ? Quatre ou cinq ans ? Vus ? Croisés au moment des fêtes. Je comprends que tu aies fait appel à moi, oui, je comprends. Le médecin voulait rencontrer un vrai ami, OK. Un ami sur qui compter, mais bon... Simon, je repars dans sept jours et d'ici là... La famille, mes parents, mes sœurs, tout ça.

La circulation trop dense les immobilise un moment au niveau de l'hôpital de Grange-Blanche. Simon lâche des bouts de phrases. Je savais bien que tu ne faisais que passer. Mais... On ne voyait pas beaucoup de monde. Avec Beate, on était comme ça. Seuls ensemble, et les enfants. C'était presque étrange, je veux bien l'admettre. Ils dépassent un véhicule en panne et le trafic redevient plus fluide. On va où, là ? Chez toi ? demande Dmytryk. Au cimetière. Celui de la Guillotière. Tu vois où c'est ?

◆

On lui avait accordé une permission pour assister aux funérailles des siens. Son père était venu le prendre en charge à l'hôpital. Son père, avec ses phrases creuses et son haleine écœurante. C'est horrible ce qui t'est arrivé. C'est horrible. Il avait voulu lui prendre la main mais il s'en était dégagé. Courage, Simon.

Son père lui avait tendu son téléphone. Tu peux me guider pour aller au cimetière ? Ils étaient presque arrivés en retard à la cérémonie. Qui étaient ces gens massés là, autour de la fosse ? Il se souvenait avoir serré Wimmer dans ses bras, sa femme aussi. Et sa famille allemande. Le maître des pompes funèbres l'avait accueilli comme une sorte de prince triste. On lui avait installé un siège en toile vert sapin où Simon s'était affalé. Son père avait fini par se glisser derrière lui et lui caresser brièvement les cheveux. Blandon n'était pas très loin, Léane, une infirmière, était à ses côtés. Et puis d'autres silhouettes sans visage.

Y repenser plonge Simon dans le noir. Il ne se rappelle presque plus rien. On avait dû modifier son dosage médicamenteux ce jour-là. Il aurait pu au moins visualiser les cercueils, identifier des participants, capter des voix évoquant le drame à sa place. Simon n'avait perçu qu'une rumeur retenue quand l'assistance s'était dispersée. Peut-être n'avait-il même pas pleuré. C'est le pire trou noir de sa vie. Un moment de recueillement final a certainement eu lieu. Lui ne se revoit que dans une allée grise, Manfred le soutient, ils progressent avec cet immense ciel au-dessus et autour d'eux.

◆

Dmytryk peine à trouver une place où stationner. Se retient de maugréer. Entre deux silences, il a proposé à Simon de partir avec lui la semaine suivante. Bahreïn, c'est pas génial mais ça te balance loin d'ici. Vraiment loin. C'est vraiment à part comme émirat. On vit comme chez nous, tu vois. Sauf qu'il fait beau. Et le soir... enfin... c'est plutôt cool là-bas. Dmytryk a dérapé et il s'en veut. Il vient de lui parler de sa Thaïlandaise. Si tu voyais la baraque à ma dispo. Tu auras ta chambre à toi. Tu seras bien, tu sais. Le temps d'émerger.

Ils parviennent devant l'antique portail du cimetière. Simon est aussitôt happé par l'immensité du ciel qui surplombe les tombes. Il extrait de sa poche les coordonnées du caveau. Dmytryk s'en saisit. Attends, je vais demander au mec de l'entrée.

La lumière le gêne et il incline la tête vers le sol. D'une chaussure, Simon remue les graviers. Leur crissement l'électrise. Il revient à cette nuit où il avait pénétré ici il ne sait comment. C'est au matin qu'un employé l'avait trouvé endormi sur la tombe des siens. Monsieur, monsieur. L'homme l'avait doucement réveillé comme un enfant. Vous ne pouvez pas rester ici. Venez boire un café. Les médicaments qu'on lui administrait alors avaient plongé cet épisode dans un flou définitif. Il se souvenait juste qu'à peine allongé sur le marbre, il avait sombré dans un profond sommeil.

Putain, ça caille. Viens. Il suit Dmytryk, lequel avance à grands pas et emprunte très vite une allée voisine. Non, lâche Simon. Il agrippe le gilet molletonné de son ami. Non, c'est plus loin. Presque sûr de lui, il passe devant. Sa mémoire semble renaître dans ses pas. Les graviers en deviennent moelleux. Par ici. Et par là. Combien de fois a-t-il accompli ce trajet ?

Et ce ciel omniprésent qui pourrait être celui d'une interminable plaine. Il cligne des yeux. Le marbre de la tombe familiale est luisant, perlé par endroits d'humidité. Une plaque de granit noir est désormais disposée en son centre.

Für immer geliebt
Niemals vergessen
Auf ewig vermisst

Dmytryk tousse dans son dos puis finit par se placer à ses côtés. Simon comprend à moitié ce qui est gravé. Tu peux me prêter ton… S'il te plaît ? Son ami met un instant à réagir. Il ouvre son smartphone et le lui tend. Simon pianote les mots de ses doigts gourds. Se relit avant de découvrir une traduction bancale.

Alors ? Il aimerait livrer une phrase parfaite à son ami. Mais ça ne vient pas. Un homme en combinaison de travail vert de gris vient de s'arrêter à leur hauteur. Comme figé dans son élan. Le blanc de ses yeux est veinulé et Simon a du mal à soutenir son regard. Regard qui glisse sur la tombe et revient lentement à lui. Ça ne dure que cet instant. L'homme qu'on dirait sans âge s'éloigne, sa silhouette paraît trembloter.

Du cimetière à chez lui, il a fermé les yeux par intermittence. Vitrines, guirlandes, vrais ou faux sapins. Trop de voitures, de passants. Tout le monde s'agite dans cette grande fourmilière qui précède Noël. Dmytryk reste d'abord silencieux. Sans doute le temps de réfléchir au meilleur moyen de convaincre son ami. Écoute, pas question que tu restes seul. Je vais voir avec la famille. Déjà, tu vas faire comment ce soir ?

Simon a vraiment envie de se poser. Se retrouver chez lui. Attends. Donne-moi le numéro de ton collègue. Wimmer répond aussitôt. Oui, bien sûr, il passera en fin de journée. Dmytryk se gare devant une épicerie d'où il ressort avec des pâtes, de la sauce tomate et deux canettes de bières. Simon esquisse un sourire gondolé. Tu sais bien que... Que quoi ? Je ne bois pas d'alcool. Oui, enfin, peut-être que... On sait jamais. Pour tes invités...

La sirène d'un véhicule de secours les met tous deux sur pause quelques secondes. Dmytryk fouille son regard. Tu charges tout de suite ton tel, OK ? Simon tend le pouce avant de s'extraire de la voiture avec son sac de courses et d'empoigner son petit bagage dans le coffre. Encore un dernier signe avant de filer vers son immeuble, d'en pousser la porte et d'être saisi par l'odeur si familière du couloir.

Et maintenant ? Il lâche sa valise, dépose sa veste sur un fauteuil et s'allonge sur le canapé. Le plafond, c'est à peu près tout ce qu'il peut regarder. Et encore. Il repère l'impact d'un bouchon. La seule fois peut-être où Beate avait ouvert elle-même une bouteille de champagne. C'était avant la naissance des enfants. Qu'avaient-ils célébré ? Il lui suffisait d'un verre pour être ivre, elle aussi. Il se redresse, ôte ses chaussures et extirpe du sac son téléphone et son chargeur. Aussitôt branché, l'appareil se met à vibrer, ça ne semble jamais finir. Des mois de messages ou d'appels. Il se bouche les oreilles.

Simon aurait pu demander à Dmytryk de photographier la plaque funéraire. Il a déjà perdu les mots inscrits. Sauf *vergessen*, oublier. *Niemals* aussi, jamais. Ses beaux-parents et son beau-frère Manfred lui avaient rendu visite à l'hôpital à l'automne. Blandon s'était hélas immiscé dans ces retrouvailles. Le psychiatre avait eu beau rassembler ses restes d'allemand scolaire, Manfred s'exprimer dans son peu de français, les parents faire mine de comprendre, cette rencontre avait été un grand moment de confusion. Encore assommé par son traitement, Simon avait peu parlé, se contentant de sourire à sa belle-famille qui était finalement repartie sans la moindre information sur son état.

Sur la table basse, une pile de courriers divers que Wimmer avait dû évacuer de la boite aux lettres. Les clés de voiture. Parfois, Simon essaie de remettre un peu d'ordre dans ses bribes de souvenirs. Blandon lui a conseillé de ne pas insister de ce côté-là. C'est trop tôt, prétend-il. N'empêche qu'il aimerait bien se raccrocher à quelques images fixes. Se rappeler plus précisément comment il était retourné sur les lieux de la catastrophe. Il sait qu'il s'est arrêté dans un village. Il faisait chaud. Une chaleur d'après-midi. Une lumière blanche. Des ruelles vides. Et pourtant.

Il entend un homme lui dire : C'est bien triste tout ça. Une femme aussi. Elle se souviendra toujours de l'explosion. Enfin du *vraiment* gros bruit. Il n'y a pas de mot pour ça. Ses mains avaient couvert ses oreilles comme pour se protéger. Simon distingue aussi un enfant sur un vélo. Mon père vend du miel, vous en voulez ? Des silhouettes comme vues à contre-jour, des voix nettes, des bouts de phrases, et puis plus rien.

Un léger froissement le ramène à lui-même. Il s'extrait du canapé et se fige. Une enveloppe glisse avec peine sous la porte d'entrée. Simon ne capte rien d'autre. Tétanisé, il attend plus qu'il ne faudrait, au risque d'en perdre l'équilibre.

Les voisins manifestent leur grande tristesse et lui présentent leurs condoléances. Nous sommes à votre entière disposition pour vous aider à reprendre pied dans la vie. Courage ! PS : Nous espérons que vous ne vous êtes pas fait trop mal dans l'ascenseur. Simon effleure son arcade sourcilière droite, comme par réflexe. Flash. Il presse tous les étages. Sa tête heurte les parois métalliques. Une alarme retentit. De nouveau, le sang l'aveugle. Calmez-vous, monsieur, vous faites juste une crise d'angoisse. Mais c'était quand, ça ?

Simon va se remplir un verre d'eau à la salle de bain et revient s'affaler dans le canapé. Ses yeux rasent le sol. Le tapis afghan. Les plinthes. Le petit palmier d'Asie. Le radiateur. Des moutons de poussière. Et la sacoche noire de son ordinateur qui git au pied d'une bibliothèque.

Simon tapote son mot de passe et laisse son ordinateur s'éveiller et s'éteindre à coups de mises à jour. Puis surgit la photo des siens. Google. Ses doigts courent sur le clavier, quelque chose palpite en lui, il ne sait pas encore quoi. Le vol Lufthansa 764 et le Boeing 757 cargo du vol DHL 610 sont entrés en collision à la suite de... Il passe d'un bout d'article à un autre. Le crash aérien n'était ni une fatalité ni une punition divine. Combien de fois relit-il ces mêmes mots ? C'était une erreur humaine. Il le savait, mais il l'avait oublié.

On est dimanche. Simon vient de remplir son pilulier et de le glisser dans son petit sac de voyage. Une semaine s'est écoulée et il n'en a pas senti passer les jours. On s'est beaucoup occupé de lui, c'est vrai. Qu'est-ce qu'il ferait si Wimmer ne traitait pas les problèmes matériels qui surgissent quotidiennement ? Son associé s'efforce d'en parler le moins possible, mais il arrive qu'on ait besoin de son avis sur tel ou tel projet en cours. Wimmer prend une voix plus légère, évoque des points précis. Simon tente de mobiliser son attention, mais très vite il n'écoute qu'à moitié.

Il a continué de dormir sur le canapé. Impossible d'entrer dans les chambres. Parfois, poussé par un faible regain d'énergie, il s'est aventuré dans sa propre chambre pour y récupérer un jean ou une chemise. C'est lors de sa première incursion qu'il a considéré la pile de livres qui patientait côté Beate. Dire que ça lui paraissait naturel. Il s'est enfin penché sur les rayons de la bibliothèque du salon. Ses livres à elle. C'est comme ça qu'il a mesuré l'intérêt qu'elle portait au poète Hölderlin.

Dmytryk est reparti la veille à Bahreïn. Lui aussi a fait de son mieux pour lui rendre Noël supportable. Toute sa famille. C'est comme si un voile de gaze avait recouvert son esprit. Simon a même bu la moitié d'une coupe de champagne. On lui a offert des cadeaux. Des vêtements. Il ne sait pas s'il pourra un jour les porter. Mais ça veut dire quoi *un jour* ? On l'a également invité à une soirée de Nouvel An. À son refus presque outré, personne n'avait insisté. On comprend, Simon.

Ça le démange de nouveau. Il retourne à la salle de bain et ouvre sa chemise jusqu'au nombril. Le bouton est devenu une petite excroissance violacée. Le venin de la tique ? Simon désinfecte une aiguille à coudre et la pique dans sa chair. Jusqu'à ce qu'une perle de sang finisse par sourdre et que la peau se déchire. Il considère ce point rouge dans le miroir et remonte jusqu'à son visage et ses yeux. Jusque dans la forêt. La forêt des téléphones. La vibration du sien dans le salon le fait sursauter.

Texto de Dmytryk. J'avais oublié de te dire. Mathilde te passe le bonjour. Elle t'aime beaucoup. Suivi d'un smiley clin d'œil. Des deux sœurs de son ami, laquelle était Mathilde déjà ? Celle qui s'était fait une queue de cheval l'autre soir ou celle avec une coupe au carré ? Simon avait eu l'impression de converser à part égale avec chacune d'elle. Mais de quoi ? Lui revient en mémoire cette discussion décousue avec son ami : T'as toujours été beau gosse, les meufs flashaient sur toi au lycée, tu te rappelles pas ? Non, vraiment pas. Simon balaie tout ça de sa tête et se lève. Il est temps de partir.

Parvenu au sous-sol, Simon manque se tromper de box et ouvrir celui de Beate. Combien de temps sa petite Fiat restera-t-elle inerte dans ce garage ? Pourquoi l'avoir proposée à la femme de Wimmer ? Cette dernière en était gênée, mais pas tant que ça. Conduire la voiture d'une morte, ce doit être étrange, non ? Il presse la télécommande et la porte voisine s'élève en grinçant. Soudain, il se sent comme bizarrement menacé dans cette longue allée vide avec, au fond, ce mur de moellons nus.

◆

Wimmer. Dmytryk. Bonjour, Sylvain Triet de l'Association des victimes du crash. Il ne parvient pas à se remémorer les pensées qu'il avait nourries avant la bifurcation sur l'A39. C'était d'ailleurs toujours dans cette zone qu'il commençait à se sentir en route pour l'Allemagne. Les enfants s'étaient déjà endormis et Beate n'allait pas tarder à sombrer à son tour. Simon savourait ces moments où il se sentait semblable au capitaine du petit voilier familial. Le silence qui régnait dans la voiture l'apaisait comme rien au monde.

Cette dernière semaine à l'appartement, ou plutôt dans le salon, avait irrigué en lui de nouvelles veines. Pourquoi était-il passé des centaines de fois devant les rayons de livres de Beate sans même y jeter un œil ? La plupart appartenaient à la littérature germanique et tous devaient être dans leur version originale. Un pan d'Allemagne dans une bibliothèque. Finalement bien modeste par rapport à la sienne, avec ses volumineux livres d'architecture ou de décoration.

En feuilletant les recueils de Hölderlin, il était tombé sur des passages soulignés en rouge. À l'intérieur des livres, il avait également trouvé de petites fiches sur lesquelles Beate semblait avoir traduit certains poèmes en français. Leur lecture lui avait rappelé des textes romantiques étudiés au lycée. Mais il avait du mal à se concentrer. Il fermait les yeux une poignée de secondes et reprenait. Il mesurait désormais l'écart entre la Beate qui se rendait chaque matin dans son cabinet d'experts juridiques et l'admiratrice d'un poète qui avait jadis basculé dans la folie.

Il avait consulté sur Internet la biographie de Hölderlin. En la lisant, un certain trouble l'avait saisi. À commencer par ce qu'il avait découvert sur cet amour fou et impossible avec une certaine Susette Gontard que le poète avait sans doute revue pour la dernière fois le 8 mai 1800. Atteinte de « consomption », mot désignant alors la tuberculose, appelée aussi « la maladie des grands tristes », elle est morte en 1802, à l'âge de 33 ans. Après avoir tenu un bref emploi de précepteur à Bordeaux, Hölderlin était rentré en Allemagne. Savait-il que Susette était décédée ? Selon Wikipédia, « ce voyage du retour dans son pays, effectué probablement à pied, à travers la France, renferme sa part de mystère et d'inconnu ». L'histoire littéraire tend en tous les cas à dater l'éclosion de la « folie » du poète du « retour de Bordeaux ». L'éclosion de la folie. Simon s'était alors senti comme un frère de Hölderlin.

Il repense aux dernières semaines de son internement. Blandon a des doutes sur son état psychologique et ne cesse de le répéter. Il n'y a pas encore de cicatrice en vous. Lors de leur face-à-face, il arrive que le psychiatre le scrute en silence pendant plusieurs minutes. Lui le défie du regard, tente de braquer des yeux nets, qui ne laissent place à aucune interprétation. Blandon a pourtant raison. Mais Simon en a assez de cette prison. De ceux que le personnel nomme « vrais fous par rapport à lui ». Assez de ces rires effrayants et de ces silhouettes qui marchent en zigzagant. Ce qui lui laisse penser que son état s'est amélioré. Mais non. Il le sait : un ressort est définitivement brisé.

Il aimerait tout revivre. Même ce qu'il est en train de faire à l'instant, conduire sur cette autoroute dans ce paysage. Les panneaux de sortie rythmaient le temps de conduite et laissaient planer une vague rêverie sur des villes qu'il ne connaîtrait peut-être jamais. Lons-le-Saunier, Besançon, Montbéliard, Belfort, Mulhouse... Ça dormait toujours dans la voiture. Parfois Beate entrouvrait quelques instants les yeux, posait une main sur sa cuisse et lui souriait. Invariablement, la traversée au ralenti de Fribourg, les arrêts aux feux rouges finissaient par la réveiller. Elle demeurait engourdie encore quelques minutes, puis se redressait pour, comme par réflexe, s'examiner dans le petit miroir du pare-soleil.

Simon arrive à la hauteur de Titisee, l'arrêt pipi habituel. Le froid le saisit aussitôt. Il revient à sa voiture à l'instant où vibre son téléphone. Un texto de ce Guérin. *L'enquête est délicate. Il faut se faire très discret. S'immerger avec lenteur. Cordialement.*

◆

Simon avait choisi l'agence la plus proche de chez lui. Nos meilleurs agents de renseignement sont prêts à vous aider : consultation visio gratuite. Trouvez la vérité en faisant appel à notre service d'enquêtes privées à prix abordables. Il n'avait jamais pénétré dans ce genre de lieu. Une minuscule salle d'attente à la tapisserie défraîchie. Il avait failli déguerpir aussitôt. Mais un homme avait déjà ouvert une porte capitonnée et lui souriait. Solide poignée de main. Oswald Guérin, détective.

Le bureau avait dû être repeint récemment. Murs blanc mat et mobilier flambant neuf. Guérin avait paru fixer toute son attention pour raccrocher comme des wagonnets les bribes d'informations ou plutôt de mensonges que Simon lui avait distillés. Le silence venu, le détective avait soigneusement tiré sur le nœud de sa cravate avant de vaporiser quelques mots. Sans doute le temps de réfléchir.

Il s'agissait selon lui de rassembler d'abord tous les éléments déjà connus sur l'affaire et d'établir un cahier des charges précis. Guérin devait ensuite élaborer une stratégie d'enquête adaptée à la situation, en tenant compte des contraintes légales et… disons éthiques. Parce que voyez-vous, monsieur, je ne saisis pas en quoi l'adresse de cette personne dont vous ignorez l'identité peut vous être utile… Il serait tellement plus simple de prendre votre épouse en filature.

La demande de Simon, ses bafouillements, ses phrases inachevées, le tout suscitait la méfiance. À chaque mot prononcé, il s'en était voulu. Inventer une liaison entre Beate et un aiguilleur du ciel. Il s'était mis à bégayer. Oui, il avait des preuves. Ce type était dans la tour de contrôle, vous savez le jour où deux avions se sont percutés. Il avait surpris leur conversation. Ma femme l'appelait par des petits noms doux. Le détective avait cessé de le fixer et semblait chercher une réponse sur l'écran de son ordinateur.

On avait toqué à une autre porte que Simon supposait être celle d'un placard. Un homme chauve avait pointé sa tête en le saluant. Guérin l'avait rejoint d'un air las. Il ne pouvait distinguer tous leurs propos. Seul le mot gonzesse revenait parfois. Il avait eu l'envie furtive de s'en aller. Ou de laisser tomber. Sauf qu'il ne se voyait pas renouveler le même simulacre devant quiconque. Et surtout, il n'avait pas le choix. Dans sa tête, c'était comme ça, pas autrement. Traquer l'erreur humaine.

Quand Guérin était réapparu, il avait paru mieux disposé à son égard. Avait-il trouvé une ruse pour se soustraire à cette demande d'enquête ? Ou voulait-il tirer profit de cette nouvelle affaire, même s'il la trouvait bizarre ? Le détective l'avait regardé droit dans les yeux. Vous savez, votre dossier est compliqué. D'autant que la cible travaille en milieu sécurisé. Certes, il y a soupçon d'adultère. Il va me falloir de la perspicacité et du temps. S'approchant de son écran, il avait effectué quelques manipulations avant que l'imprimante voisine ne se mît à ronronner. Voici nos tarifs.

◆

Avant, Beate lui indiquait la route. Il se concentre sur les pancartes jaunes et finit chaque fois par emprunter la bonne voie. D'ici une heure et demie, il sera arrivé à destination. Son téléphone a vibré à deux reprises. Deux fois son père, lequel a fini par laisser un message. Un message d'homme qui ne sait pas quoi dire. Une voix de circonstance. On espère que ça va. Que tu viendras aussi chez nous. Le soleil te fera du bien. On t'embrasse.

Nous. On. Ces pronoms l'agacent. Pourquoi ne parvient-il pas à dire je ? Tous ces mots flous pour quoi faire ? Jamais il n'aurait imaginé son père avec quelqu'un d'autre. À la mort de sa propre mère, Simon s'était senti passer en première ligne, seul, comme s'il avait perdu sa peau d'enfant. Son père était devenu un autre homme qui vivait désormais à Marrakech, avec une autre femme.

Conduire, ne rien faire d'autre, l'aide à remuer le terreau de sa conscience. Encore un blanc dans sa mémoire. Il avait fallu lui rappeler que son père et sa compagne lui avaient rendu visite à l'hôpital. Vous ne vous souvenez pas ? Soudain, il a un haut-le-cœur. Comme quand cette femme avait posé sa main sur son épaule. Celle qui jouait à la belle-mère. Nous sommes là, Simon. Sans entrer dans les détails, Blandon lui avait rapporté que la rencontre s'était mal terminée. Ça lui revient maintenant. Il avait balancé une claque à cette prénommée Patricia.

La vue au loin de la fantasmagorique demeure des Hohenzollern produisait toujours la même délivrance.

On arrivait, ce n'était plus qu'une question de minutes. Disneyland, s'exclamait Max. La dernière fois, Petra était restée muette, comme attristée de ne plus pouvoir s'extasier avec cette formule magique. Un cap était franchi. Elle se disait grande maintenant. Plus jamais elle ne se jucherait avec son frère sur l'un des canons dans la cour du château. Plus jamais, jamais.

Zum süssen Grund, ainsi se nomme le Gasthof où ils séjournaient à chaque visite depuis la naissance des enfants. Simon n'avait jamais demandé qu'on lui traduise le nom de l'hôtel, ou bien il a oublié. Beate l'avait certainement fait. Avant de sortir de sa voiture, il active son smartphone. Allemand-français. « Vers la douce terre ». Formulé de la sorte, même avec des mots si vagues, ça lui fait mal.

On l'a prévenue. La gérante de l'hôtel le serre dans ses bras comme un proche, mêle allemand, anglais, français. Elle le considère de ses yeux graves et dodeline de la tête. *Tragödie... Tragödie...* répète-t-elle. Simon ne sait comment réagir, marque un pas en arrière et demande d'une voix neutre : *My key, please.*

Ce lit d'enfant dans l'angle. Il avait déjà dormi dans cette chambre, du temps où seule Petra existait. Cette odeur de linge propre. Cette lumière tamisée par les sapins à l'extérieur. Simon s'approche de la fenêtre. L'épaisse moquette enrobe ses pas. Il se retourne vers le grand lit.

La douce tiédeur de la chambre l'engourdit. Il se déshabille, s'allonge et se glisse sous la couette. Il ferme les yeux, les rouvre, bascule sur le côté. Derrière les rideaux, les sapins forment déjà une masse plus sombre. Les sabots d'un cheval au pas se font entendre. Une voix féminine. Puis un beau silence qu'on dirait d'autrefois. Simon se sent comme désarmé, poussé vers le sommeil.

◆

C'est bien ce qu'il avait redouté. Le salon des Pflieger a pris des allures de mausolée. Le temps de rejoindre son fauteuil habituel, Simon se fige un quart de seconde devant cet immense portrait de famille, presque un tableau. Un jour, Unkel Manfred avait insisté pour que tout le monde participe à une excursion jusqu'au Zeller Horn. Promenade rituelle, mais qu'ils n'avaient jamais effectuée ensemble. À cette occasion, l'oncle avait réalisé un certain nombre de portraits avec son Leica. Après coup, Beate et Simon s'étaient demandé si cette balade n'avait pas été un prétexte pour tous les immortaliser.

Où qu'il pose son regard, Simon retrouve les siens sous tous les formats, encadrés avec soin. Il cherche un point fixe et neutre. Dehors, il fait nuit. Chacun semble agir au ralenti. Manfred modifie l'éclairage trop cru de la pièce et allume des lampes d'appoint. Opa ouvre un sachet de bretzels avec une paire de ciseaux. Oma dispose les bouteilles sur la petite table. De la bière pour eux et de la limonade pour lui. La Silber Quelle que Petra adorait aussi. Max trouvait encore que les bulles, ça piquait dans la bouche.

A-t-on le droit de sourire dans ces circonstances ? Simon les sent tous les trois sur le qui-vive. Durant une poignée de secondes, on n'entend plus que l'horloge. Manfred a fait de nets progrès en français. Ce qui, peu à peu, détend ces retrouvailles. On lui demande s'il a fait bonne route. D'autres questions du même genre. Parfois, son beau-frère consulte son smartphone, pianote quelque chose et place le mot qui lui manquait. Tu es… fatigué ?

Manfred est resté juché sur l'accoudoir du canapé où sont assis ses parents. Comme il faut bien que Simon se lance, il demande à son beau-frère si ça va au journal. Le *Schmiecha Zeitung*, le quotidien de la vallée, connaît de grosses difficultés financières depuis des années. On a proposé à Manfred un autre poste, mais c'est trop loin pour lui. Il regarde ses parents d'un sourire fragile et leur traduit ses derniers mots. *Zu weit*.

Tassés au milieu du divan, Opa et Oma semblent joints l'un à l'autre et se tiennent par la main. Parfois, un début de silence s'installe. Tous deux se dénouent lentement pour boire une gorgée de bière. Le père évite les regards. Le blanc de ses yeux semble avoir jauni. Il se cramponne un instant à sa chope, la repose et reprend la main de sa femme dans la sienne.

Soudain, comme ennuyée, et d'une voix sans timbre, Oma s'adresse à son fils. Bref échange. Manfred se sent obligé de traduire. Sa mère aurait voulu que Simon occupe la chambre d'amis. *Wie die Ersten Male*, surenchérit-elle. Comme les premières fois. Les lèvres d'Oma frémissent, ses yeux sont embrumés flous. Son fils remue la tête en signe de désapprobation. Il se penche vers sa mère et lui chuchote quelque chose sur un ton presque sec. Oma finit par se lever et quitte la pièce.

Un peu plus tard, ils se retrouvent tous les quatre à la vaste table voisine devant un plat d'*Aufschnitt* et une salade de pommes de terre. Opa commence à remplir de bière le verre de Simon puis s'interrompt, le bras tremblant. Il se tourne vers sa femme comme s'il avait commis une faute. Manfred émet un petit rire qui décrispe aussitôt l'ambiance. On échange les verres et, tour à tour, chacun se sert.

Manger est un répit. Plus besoin de chercher ses mots ou d'avoir l'air de tout comprendre. Allemand et français se mêlent par bribes. Simon reprend de la charcuterie et de la salade dès qu'on le lui en propose. Il mange sans mesure, éponge son assiette avec du *Bauernbrot*. Il est là sans être là, dans une bulle temporelle.

Le dîner tire sur sa fin. Oma se lève lentement et désigne une photo posée sur la commode voisine. Une photo prise à cette même table. Beate, Max sur ses genoux et Petra qui se penche vers eux en souriant à l'objectif. *Das Letzte.* Le dernier cliché. Oma s'est tournée vers Simon, c'est à lui seul qu'elle s'adresse. Son débit rapide empêche Manfred de traduire le moindre mot. Il incline la tête et laisse parler sa mère. Cette dernière finit par éclater en sanglots.

La journée commence toujours par les médicaments. De ce cocktail qu'il gobe tous les matins, il ne sait toujours pas lequel lui permet de flotter un peu plus en dehors de la réalité.

La serveuse porte des Doc Martens, un kilt, un t-shirt floqué Johanna et un piercing sur l'aile droite du nez. Elle parle anglais mieux que lui et sa voix est surprenante de douceur. Ce qui le désarme aussi, c'est son sourire. Rien de compassionnel ou d'excessif. Presque un sourire d'enfant. On a pourtant dû la mettre au courant.

Un couple d'un certain âge, deux hommes seuls aux airs de commerciaux. Et lui. Machinalement, il consulte son portable. *Coffee, Sir.* La serveuse dépose une tasse et un thermos. C'est la première fois qu'il entend parler anglais dans cet endroit. *Orange juice ?* À son tour, il lui sourit. *Yes, Miss.* Elle revient et désigne l'extérieur. *Very cold, this morning.*

Avant de rejoindre sa voiture, il entreprend de faire un tour du domaine qui jouxte l'hôtel. Un haras et un centre équestre où des jeunes femmes s'activent à sortir les chevaux, transporter du fourrage ou nettoyer les box. Plus loin, dans le prolongement des écuries, une sorte de ferme où sont abrités des volailles, quelques vaches et un âne. Allongé sur la paille et sous une lampe infra-rouge, un cochon se prélasse. À la lenteur de ses rares mouvements, il semble heureux.

Simon rejoint la ville, la traverse jusqu'au bout de la vallée et emprunte la route qui mène jusqu'à la Nägelehaus. Pas une voiture sur le parking à cette heure-ci. Quel froid. Il ne peut s'empêcher de presser le pas pour atteindre le Zeller Horn. Vastes prés entourés de forêts. Il ne pense à presque rien. Un instant, il imagine Hölderlin traverser ce paysage nu. Enfin les falaises qui surplombent la plaine et offrent cette vue sur le château de Hohenzollern. De cette ligne de rochers, on pourrait se jeter dans le vide et c'en serait fini.

À quelques dizaines de centimètres près, Simon peut recadrer la photo rituelle des siens. Sans doute qu'Oma a mis en garde Beate et les enfants. Attention. Pas plus loin. Vous allez tomber. Manfred a pris son temps pour composer son portrait. Trouver le juste cadre qui laissait pointer le château et, tout en l'ignorant, figer ses sujets pour l'éternité.

Privés d'une langue commune, les enfants ne communiquaient que par la tendresse des regards et des gestes avec leurs grands-parents et leur oncle, et réciproquement. À vrai dire, Manfred était presque un cousin, un grand copain qui se prêtait à toutes les facéties. Simon le revoyait façonner un bonhomme de neige dans le parc au pied de l'appartement familial. Max et Petra l'aidaient sans l'aider, tournicotaient en tous sens. Des bulles de vapeur s'échappaient de leurs bouches. L'anorak rouge de Petra, l'anorak bleu ciel de Max. Des taches de couleurs perdues dans le temps.

Un vent glacé balaie l'éperon rocheux. Simon s'en retourne par un sentier que protège la forêt. Ses pensées se dispersent. Il est presque certain que Manfred a passé la nuit chez ses parents. À près de trente ans, il a acquis depuis peu un studio dans le centre-ville, mais il lui arrive encore de dormir à la maison, comme il dit. La veille, il a joué le rôle de Simon.

◆

Retour à la voiture. Sensation de grand vide. À part s'arrimer à son volant, que faire d'autre ? C'est à ce moment qu'un garçon blond d'une quinzaine d'années sort de l'auberge. Un t-shirt blanc trop grand et une espèce de baggy qui tombe sur ses sneakers. La base, aurait soufflé Petra du haut de ses douze ans. Un skate pend mollement dans sa main gauche. Le garçon passe devant sa voiture sans même lui accorder un regard. Il laisse tomber sa planche et sort son portable. Le manipule brièvement avant de le fourrer de nouveau dans sa poche. Enfonce avec soin ses écouteurs et se lance sur la route.

Simon démarre à son tour. Quel réflexe le pousse à presser sur la touche *On* de l'autoradio ? C'est la première fois depuis quand ? Un CD glisse dans son logement et, passés quelques accords de guitare, laisse s'échapper une voix féminine aussi fragile que puissante. Son nom lui échappe. La route file en pente et ligne droite. Bientôt, il aperçoit le garçon au skate.

Simon augmente le son. La route est étroite, une bonne raison pour demeurer dans le sillage du skateur. Ce dernier l'a-t-il seulement entendu ? Il slalome sans doute au rythme de sa propre musique, si souple et si maître de sa planche. C'est au premier virage qu'il se sait suivi. Simon ralentit, le jeune homme doit le percevoir—ou peut-être qu'il s'en moque—et louvoie de nouveau sur le bitume. Bientôt, les premières maisons et aussitôt un quadrillage de lotissements identiques. Le garçon vire dans une ruelle et disparaît.

Simon a quitté sa réalité une poignée de minutes, ça lui fait drôle. Passé l'horloger Keinath et le supermarket Konsum, il quitte la route principale, ralentit devant l'usine Elektra, dont les murs sont désormais entièrement tagués, et quelques centaines de mètres plus loin, il s'arrête sur un minuscule parking.

De là, il distingue au loin l'ancienne piscine municipale. Lors de leur première visite, Beate lui avait désigné une succession de bâtiments. C'est là-bas que j'ai appris à nager. Je vais te montrer. Ils s'étaient arrêtés devant ce qui avait été le portail d'entrée, rouillé et cadenassé. Beate était aussitôt sortie du véhicule. Le bassin était masqué par des palissades. Seul dépassait encore le sommet du plongeoir. Il la revoit devant les grilles. Presque une photo encadrée dans sa conscience. Simon se souvient qu'elle s'était brièvement retournée vers lui et avait souri.

Et lui, que lui avait-il fait découvrir de sa vie d'avant ? Ce qui avait été un temps la maison familiale dans le quartier des frères Lumière. Le Café du nain, son QG d'étudiant, à quelques centaines de mètres à peine d'où ils avaient élu domicile. Et pour le reste ? Le Rhône, la Saône, Fourvière, la Croix-Rousse, le parc de la Tête d'Or. Lyon comme à une touriste. Il mesure à quel point son passé n'était fait que de miettes avant de rencontrer Beate. Une ligne discontinue.

Ses parents s'étaient séparés puis rabibochés. Combien de déménagements ? Le cancer de sa mère avait duré dix ans. Ses petits-enfants l'avaient à peine connue.

Simon plonge la main dans la boîte à gants. Il en déloge une plaquette de Temesta dont il extirpe deux comprimés. Il reprend la route. Les sapins partout autour de lui. Le chemin de l'hôtel. Il traverse le hall et rejoint sa chambre. Tire les doubles rideaux. Vite, le noir. Il laisse tomber ses vêtements à même la moquette. La couette est si douce sous son corps nu. L'anxiolytique nappe sa conscience, l'invite à l'abandon. Dormir, c'est tout. Des claquements de sabots et une voix éraillée de jeune fille, puis le néant.

◆

Alles in Ordnung ? Trois fois que Frau Conzelmann revient à sa table pour lui demander si tout va bien. Tout juste si elle ne s'extasie pas en le regardant croquer dans sa tartine de confiture. Simon se trouve de l'appétit ce matin. Ses pensées brumeuses se dissipent doucement et le ramènent vers la réalité. Les coups contre la porte de sa chambre hier soir, ou cette nuit ? Ah oui, le grelot du téléphone. La voix de Manfred.

La jeune serveuse d'hier débarrasse une table voisine et lui adresse un bref signe avant de regagner les cuisines. Un homme en tablier en sort et feint de chercher quelque chose sur le bar. Leurs regards se croisent à peine et l'homme disparaît. Simon s'efforce de remuer les miettes de sa mémoire. Quelqu'un l'appelle par son prénom, on frappe encore, mais il ne se revoit pas ouvrir la porte de sa chambre. Oui, *ja, yes*, il s'entend vaguement lâcher quelques mots, comme des bulles, et plonger encore et encore dans le sommeil.

Le café est bon. Il s'en souvient, Beate le humait. Il consulte son smartphone et clique sur les messages non lus. Manfred, Manfred, Manfred. Les points d'interrogation. Ça va ? Tu peux répondre ? Ça va ? Une sonnerie retentit à l'autre bout de la salle. La gérante surgit d'on ne sait où et décroche un combiné mural. *Hallo ? Ja, ja...* Et comme par réflexe, elle se tourne vers Simon. *Ja, ja...* Elle sourit et acquiesce de la tête comme si elle voulait lui faire partager la conversation. *Ja... Gut...*

Manfred arrive dans le quart d'heure. Mi-souriant, mi-fermé. L'un face à l'autre sur ces petites banquettes pseudo-rustiques. Devant son air si calme, son beau-frère se détend. S'exprimer en français lui est déjà compliqué, aussi renonce-t-il à lui demander des explications et finit-il par lui demander ce qu'il veut faire. Simon voudrait se promener seul, mais encore une fois comment l'exprimer ? Et puis, ça lui vient d'un coup. *School. Schule.* Beate.

Manfred a repris son visage d'avant. Un mélange de sérieux et de candeur. À lui aussi, ce pèlerinage scolaire procure du plaisir. Bonne idée, répète-t-il en appuyant sur toutes les syllabes françaises. On glisse peu à peu des sapins vers les premières artères de la ville. On s'abandonne à cette descente silencieuse. Manfred lui adresse un sourire plutôt qu'une parole. Cela évite les banalités. Cette vallée est belle, se surprend à dire Simon.

Kirchgrabenschule. Façade jaune peinte et repeinte. Cour de récréation multicolore. Manfred détache les mots. Beate, petite école, mais tout changé. Il consulte l'application allemand-français de son téléphone et à son air dépité, on devine sa difficulté à entrer dans les détails. À cet instant, une sonnerie musicale retentit et très vite, des écoliers déferlent dans la cour. Ils ont l'air de quoi, tous les deux, derrière les grillages vert pomme ? Des enfants les désignent du doigt et un adulte, muni d'une chasuble jaune, surgit déjà, l'air de s'interposer. Simon ne bouge pas, envoûté par cette joyeuse rumeur enfantine qui résonne jusqu'au fond de lui. Son beau-frère lui chuchote à l'oreille quelque chose qu'il ne saisit pas.

Alexander ! L'adulte interpelle un garçonnet un peu trop curieux. Simon lui sourit, lui adresse même un signe complice, sauf que pour Manfred c'en est trop. Ce dernier l'empoigne vivement par la manche de son blouson et les voilà fuyant bras dessus, bras dessous. Simon se projette dans les yeux du petit garçon. Deux clowns qu'il ne reverra jamais.

La Schlossberg-Realschule est une succession de bâtiments classiques qui doivent remonter au début du XXe siècle. C'est ce que se dit Simon, aussi silencieux que son voisin. Manfred n'a ouvert la bouche que pour nommer l'établissement et préciser en français : le lycée de Beate. Ils n'ont pas bougé de la voiture et le moteur tourne toujours. Une grappe d'élèves remonte la rue où Manfred s'est sagement garé. Filles et garçons dérivent sur le trottoir, se bousculant parfois, indifférents à ce qui les entoure, souriants et si légers dans leurs pas. Beate avait dû emprunter ce chemin avec les mêmes sourires et la même légèreté.

◆

Qu'attendait-il de ce pèlerinage allemand ? À Lyon, quelques jours auparavant, les choses avaient été plus simples. Peut-être parce qu'il lui avait suffi de reproduire les mêmes gestes et les mêmes itinéraires. Même s'il savait qu'il ne lui serait plus possible de refaire tout ça avec la même insouciance. Huit heures quinze. Ascenseur, couloir, grésillement d'insecte de la porte d'immeuble. Froid, chaud, pluie. Attendez-moi les enfants. Quitter le quai pour la rue Professeur-Grignard, emprunter la rue Pasteur et se retrouver sur le cours Berthelot. Et c'était presque l'école. Combien d'allers-retours avait-il pu effectuer avec les enfants ? Beate adorait aussi ce rituel. En fin d'après-midi, on s'arrêtait pour une viennoiserie à la boulangerie Farine et Cannelle ou l'on rentrait tout droit se ravitailler au petit Vival.

◆

Lundi de la rentrée scolaire de janvier. Ce jour-là, Simon s'est éveillé avec la conviction d'accomplir une mission pour les siens. Plus que ça. Revivre à leurs côtés. Il s'est vêtu comme pour se rendre au bureau, jusqu'à choisir sa cravate. Dès la sortie de son immeuble, il a senti qu'il faisait corps avec celui qu'il avait été. Un voisin qui promenait son chien sur le quai l'avait même salué de loin. Le soleil transperçait le froid et le Rhône brumeux. Le roulement du tram, les voitures, les gens, tout paraissait si réel. C'est à l'approche de l'école, alors que parents et enfants se pressaient vers l'entrée qu'il est brusquement revenu au présent. Il est seul. Et personne n'a prêté attention à lui.

◆

Manfred démarre lentement, le temps de laisser son beau-frère observer une dernière fois les façades du lycée. Mais Simon n'est pas là. Il repense de nouveau à ces trajets avec les enfants. Ça lui vient d'un coup. En septembre, – mais de quelle année ? – Petra était entrée en sixième et ça, il l'avait tout simplement oublié.

Une année entière où sa fille avait fréquenté un collège, dont le nom lui échappait aussi. Rapidement, Petra avait accompli les trajets seule ou avec une voisine. Là aussi, elle avait voulu faire la grande. Mais quand même. Les réunions avec les enseignants, les sorties, les bulletins, cette nouvelle vie scolaire avait été ensevelie dans le tréfonds de sa mémoire. Les images remontent parfois à la surface, encore floues, semblables à celles qui flottent dans un bac de développement avant de se révéler.

Il n'empêche que ses souvenirs portent de nouveau sur l'école primaire. Avec un peu plus d'attention, ils reviennent progressivement à lui. Max seul, oui. Max qui surgit dans la petite cohue de la sortie, Max qui le cherche, lui lance un petit signe. Ses yeux d'enfant. Max qui lui tend son sac et lui prend encore la main avec un tel naturel. On a mangé des frites à midi, papa.

Son smartphone vient de vibrer quelque part dans sa veste. Bonjour, j'ai identifié votre homme. Merci de me rappeler. Cordialement, Oswald Guérin. Simon fixe l'écran plus que de raison. Il se met à frémir et s'empresse de remettre l'appareil à sa place.

◆

Après avoir déjeuné chez Oma et Opa, Simon rentre à l'hôtel. Il manque bousculer la petite serveuse qui jaillit de la réception. Il la voit sauter dans une voiture, d'où un rire juvénile s'échappe. Et puis le silence. Hall, couloir, autre couloir. Il ouvre et referme les portes semblables à celles de coffres-forts. Celle de sa chambre et l'épaisse moquette qui l'isolent du monde.

À la troisième sonnerie, le détective décroche. Un allô sec. Pas aimable. J'attendais votre appel. En général, les clients sont disons... plus réactifs. Simon ne voit pas bien quoi rétorquer. Occupé ? Guérin surjoue. Bref. Il y a des choses que vous ne m'avez pas racontées. J'aime pas trop ça. Votre mec, là, il est responsable de l'accident d'avion, c'est ça ? Soupirs. Allô ? Vous êtes muet ou quoi ? Je veux qu'on règle cette affaire, très vite. Demain.

Simon relit l'adresse qu'il a griffonnée sur le bloc-notes de l'hôtel. Il a dû s'y rendre un jour avec des clients. Brasserie des Brotteaux, 19 heures 30. Guérin a cru bon de préciser À vos frais, bien sûr. Et pour le reste, un chèque serait mal venu. *If you see what I mean*. Vous comprenez l'anglais, n'est-ce pas ? Demain soir, vous saurez ce que vous voulez savoir. Ensuite, *bye*.

À peine allongé sur son lit, Simon saisit un oreiller et se le plaque sur le visage. Il appuie, il grogne, mais ce n'est pas comme ça qu'il va chasser ses pensées. Les choses se précipitent et il n'y peut rien. Il n'est pas venu ici en touriste, bordel. Marcher dans la forêt ou visiter la tour de Hölderlin, quelle importance ? Ce n'est pas ainsi qu'il va régler le problème. Ça défile dans sa tête, ça défile.

◆

Simon va leur annoncer qu'il part demain. Wimmer a été victime d'un infarctus, c'est le seul mensonge qu'il a pu trouver. Un truc indiscutable. Alors qu'il y a moins d'une heure, il s'est laissé convaincre par le programme concocté par son beau-frère. Il a même insisté pour voir la tombe de Hölderlin. Ce qui a été prétexte à évoquer l'attachement de Beate à ce poète. Les difficultés de traduction n'ont pas aidé, mais personne n'avait pu lui en dire plus. Oma a même paru froissée qu'on associe sa fille à cet homme. Elle avait tapoté son index sur sa tempe. *Dieser Mann war verrückt.*

Si des secrets demeurent enfouis, c'est parfois parce qu'il est absurde de les confier. Après tout, Beate n'avait pas dû mentionner très souvent le nom de Hölderlin en sa présence. Et lui, il n'avait fait que balayer du regard les rayons de sa bibliothèque, aveugle à ce qui lui semblait être des souvenirs d'étudiante. Si l'on remontait le temps, si l'on tirait le fil de tous ces petits non-dits, une part de l'autre vous échappait à jamais. Était-ce cela le fameux jardin secret ?

Beate aurait-elle ressemblé à sa mère ? Simon avait saisi dans les yeux de cette dernière une lueur unique et pourtant semblable à celle de sa fille. Sauf qu'en peu de temps, le visage d'Oma s'est asséché, sa peau adhérant à ses lignes osseuses. C'était poignant de la voir s'activer autour de la table à laquelle étaient assis ces hommes tristes et pataudes. Opa sentait la bière. Il faisait parfois mine de sourire, de lancer quelques mots, même si ses yeux jaunes ôtaient tout crédit à ce simulacre.

Simon lève la tête et s'aperçoit que la pièce est plongée dans une drôle de pénombre, presque phosphorescente. Il se lève et s'approche de la fenêtre. Juste tirer le rideau pour en avoir le cœur net. Il fait presque nuit et il neige à gros flocons. C'est beau, ne peut-il s'empêcher de penser.

Terrine de volaille, Pistaches, Foie blond et Pickles de légumes Ou Velouté Saint-Germain, Crème montée, Chips de lard fumé. Simon fixe la carte comme s'il déchiffrait un papyrus. En pénétrant dans la brasserie, il avait déjà été perturbé par l'accueil du personnel, cette obséquiosité et cette assurance pour vous conduire jusqu'à une simple table. En plus, Guérin vient de le prévenir qu'il aurait « du retard ».

Dire que ce matin, il était encore au Gasthof. La salle du petit-déjeuner était vide et la serveuse ne l'avait pas vu entrer. Elle rythmait de son corps une musique jaillie d'on ne sait où. Une minuscule enceinte qu'elle s'était empressée d'éteindre en le voyant. Il a tenté de la mettre à l'aise en désignant l'extérieur enneigé. *White, all is white*. Johanna avait soufflé un *Yes* désolé, comme si tout avait été dévasté par un ouragan.

C'est seulement à la sortie de la ville qu'il s'était arrêté, le temps d'envoyer un texto à Manfred. Ce dernier avait appelé à plusieurs reprises. Puis il avait envoyé un message en français. J'espère tu reviens. Bon voyage. La neige tombait toujours à gros flocons et Simon s'était longtemps concentré sur la route.

La famille de Beate était pourtant bien sa seule famille. Des gens adorables qui vivaient désormais comme lui, dans un cauchemar qui ne finirait qu'avec leur propre disparition.

Mais quelle vérité aurait-il pu leur dire sur son départ précipité ? Dans les embouteillages de Fribourg, il avait expédié à son beau-frère un mot qui ne voulait rien dire. Route difficile. Je pense très fort à vous. À bientôt. Peu après avoir franchi le Rhin, la neige avait disparu et le ciel s'était entièrement dégagé. Un ciel d'un bleu si pur que Simon en avait été aveuglé durant un moment.

Vous prenez quoi en apéro ? Guérin est déjà assis face à lui. On le sent plus à l'aise que devant un ordinateur, presque chez lui. De l'eau, répond Simon. De l'eau ? Vous êtes sérieux ? Il se tourne vers le bar en ricanant. Rémi, monsieur veut de l'eau. Et moi, de l'eau de feu ! C'est fou comme ce type occupe de la place, comme il brasse de l'air.

Le détective avale la moitié de son verre transparent, sans doute de la vodka. À voir s'adoucir son espèce de rictus, on croirait suivre le parcours du liquide à travers ses veines. Il finit par tendre sa boisson et Simon se sent contraint de faire de même. Les verres ne se touchent pas, les yeux s'évitent. Guérin gobe jusqu'aux glaçons qu'il régurgite bruyamment. À votre affaire, marmonne-t-il en tirant de sa veste une enveloppe saumon.

Maintenant, on se parle d'homme à homme. Il s'interrompt, le temps que Rémi dépose un nouveau verre devant lui. Je vous l'ai dit, c'est la dernière fois qu'on se voit. D'abord l'argent. Votre truc était très compliqué et vous ne m'inspirez pas confiance. C'est cinq mille, en espèces bien sûr, et on ne discute pas.

Il a du mal à prendre ce bonhomme au sérieux, et ce dernier n'imagine même pas à quel point. Il mime l'étonnement, il joue comme quelqu'un qui serait détaché de tout enjeu. Calmement. Cinq mille ? Tant que ça ? Vraiment ? Cela ne s'appelle plus des honoraires, si ? Et quand bien même on pourrait considérer que... Vous savez bien qu'on ne retire pas des sommes pareilles d'un distributeur. Il affiche un joli masque d'homme désolé. Et, aussi éloigné soit-il du monde des hommes, il ne se sent plus lui-même. Un peu mauvais. Tel un possédé.

Guérin en est à sa troisième vodka. Un maître d'hôtel s'approche, mais il le repousse d'une main molle. L'enveloppe saumon est à moitié glissée sous son assiette. L'alcool souffle sur lui des vents contraires. Des yeux noirs et des phrases doucereuses. Il écarte ses mains à l'italienne. J'avais bien insisté sur les modalités, non ? Bon, t'as combien ?

Le restaurant s'est peu à peu rempli. En considérant ces couples soignés autour de lui, ces bandes d'amis dont les voix s'amplifient, Simon se sent si loin du monde. Il fixe son interlocuteur. Pas d'inquiétude, j'emprunterai de l'argent à un ami d'ici demain. J'ai deux mille euros sur moi. Voilà. Il extirpe les billets de son jean et les dépose sous sa propre assiette. Le détective a du mal à simuler une attitude plus ferme, comme si ce dernier montant semblait le rassurer.

Je veux le reste demain. Sinon... Guérin marque une pause, braque son regard sur lui, comme pour l'impressionner. Tintements de couverts, concert de voix. Le brouhaha de la brasserie dilue ce semblant de menace. Simon pourrait lui rire au nez, il reste de marbre. Le détective ouvre l'enveloppe et en extrait une sorte de fiche bristol.

Votre bonhomme s'appelle Gianni-Marco Houser. Marié à une certaine Daphné. Deux enfants, Milo et Francesca. Domicile : 12 rue Florence-Steurer, Caluire. Guérin relève les yeux et lui tend la fiche comme pour s'en débarrasser. Je ne sais pas ce qui vous intéresse dans ces informations, je ne veux pas le savoir. Si le motif de cette enquête était réellement un soupçon d'adultère, vous m'auriez demandé de faire suivre votre gonzesse… Je n'aime pas trop qu'on me prenne pour un con. Bref. On mange ?

Choisissez votre menu, que je puisse régler votre addition. Je n'ai pas l'intention de dîner avec vous. Ce serait… disons absurde.

Le détective ne s'y attendait pas à celle-là. Il hèle le maître d'hôtel. Monsieur doit partir. Pas moi. Sans même un œil à la carte, il énumère ses choix. Oui, relevé, bien relevé comme d'habitude. Fromage plateau. Dessert, je verrai. Une bouteille de Saint-Joseph. Et un cognac. C'est monsieur qui régale.

Guérin l'a rattrapé dans la rue. Sa main pèse sur son épaule. Demain, 17 heures, à l'agence. Et sans faute. L'alcool a donné à ses yeux une sale nuance. Simon se soustrait à cette poigne trop lourde. Il acquiesce d'un air qu'il souhaite insaisissable, puis s'en va. Il se retourne quelques mètres plus loin et s'aperçoit que le détective n'a pas bougé. Pour un peu, il le poursuivrait une seconde fois. Tu ne sais pas à qui tu as affaire, mon pauvre Oswald.

Il est presque dix heures du matin quand il emprunte la rue Florence-Steurer. Son navigateur l'a égaré à plusieurs reprises dans de petites artères à sens unique. Le temps de prendre la mesure des lieux. Joli quartier. Des propriétés ceinturées de murs de pierre, des villas années 1930 à 1950 et des pavillons plus conventionnels. Le 12 appartiendrait plutôt à cette dernière catégorie, présentant une façade entièrement reliftée, d'une neutralité absolue.

Pas d'interphone extérieur, un double portail pour les garages, une pelouse miniature et des pas japonais qui mènent au perron et à la porte d'entrée. Il glisse lentement jusqu'à la première intersection, effectue une rapide manœuvre et repasse devant la maison. Un skate gisant à même le gazon et une plante verte sous le porche. Quelqu'un à l'intérieur ? On est mardi. Travail, école. L'épouse Daphné est peut-être sans emploi ?

◆

Le voilà qui redescend déjà vers la ville. Il se maudit de ne pas penser aux siens. Et pourtant si, il ne pense qu'à eux. Que faisait-il devant cette maison ? Une voiture vrombit derrière lui, le dépasse et le klaxonne méchamment. La grosse fatigue de la nuit est en train de le rattraper. Il n'a dû s'assoupir qu'une petite heure sur le canapé. Parfois, son téléphone vibrait. Manfred, Dmytryk, son père. Il replongeait dans l'écran de son ordi et validait sans même les lire les dossiers que Wimmer lui avait soumis.

Il fallait penser à tout et aussi à ceux qui le soutenaient dans ce calvaire. Au moins leur rendre les choses plus simples. Mais comment ? Si tout devait s'arrêter... Simon n'allait jamais plus loin dans ses pensées. Il déambulait dans l'appartement. Les chambres demeuraient des sanctuaires impénétrables. Même emprunter le couloir qui distribuait cet espace le faisait tanguer sous l'afflux des images passées. Il finissait à la salle de bain et se rafraîchissait le visage. Sans se regarder.

Il se retrouve dans l'ascenseur avec le voisin. Sa main sur son épaule. Ses yeux chassieux. C'est fou ce que les gens sont tactiles. Ah, on se faisait du souci avec ma femme. On n'entendait plus rien. Pas le moindre signe. Vous comprenez. Monique voulait que j'appelle les pompiers. Ah ça me fait du bien de vous voir. Vous voulez venir boire un verre ? Simon secoue la tête, peut-être un peu trop vivement, comme un enfant, et s'extrait de la cabine sans un mot.

Puis c'est le nom de Dmytryk qui s'affiche sur son téléphone. Il claque la porte et décroche. Il est quelle heure, dans son émirat ? Alors mec, comment ça va ? À son débit traînant, c'est sûr qu'il a un coup dans le nez. Sa voix est enrobée de musique et de rires. Je me disais que ce serait bien si t'étais là. Une fille roucoule quelque chose en anglais. *Yes !* Daisy, elle pense comme moi. Elle a une copine, tu verrais... Simon raccroche.

◆

On est vendredi. À peine onze heures du matin. Simon s'effondre une nouvelle fois sur son canapé et sort de sa poche le papier du détective. Gianni-Marco Houser. Ce nom, agaçant d'élégance. Daphné, Milo, Francesca. Il relit ces prénoms sans le moindre trouble. Simon se voit mal agir ce soir. Le week-end paraît plus propice. Même si l'aiguilleur Houser peut être d'astreinte.

Il ne va pas pouvoir tenir toute la journée dans cette pièce. Les objets et les photos lui sautent aux yeux. Il se lève, colle son visage sur la vitre. Il fait ce temps sans couleur qui rend le Rhône aussi indistinct que la rue ou les platanes. Une pâte grisâtre. La cloche d'un tram le fait brièvement trembler. De tout son corps. Il faut sortir, marcher autant qu'il le pourra.

Quand, des heures plus tard, il revient, la chaleur de l'appartement et la nuit dehors lui font du bien. Il n'a pas pu s'empêcher de passer devant l'école de son fils. Il s'est arrêté devant les grilles qui donnaient sur la cour vide et, pour la première fois, il a distingué sous le préau des mots peints en diverses couleurs. Isolé par un rayon de soleil, un seul lui était d'abord apparu : peur. Il lui avait fallu se déplacer pour en déchiffrer d'autres dans la pénombre : joie, colère, honte. Et soudain, il s'est souvenu de son fils annonçant un jour qu'avec Maîtresse, il travaillait sur les « émotions ».

Il n'avait pas eu le courage d'aller jusqu'au parc et avait rebroussé chemin par la rue qui longeait le lycée voisin. En dépit du froid, un garçon et une fille très jeunes étaient enlacés sur les escaliers de l'établissement. Un bonheur qu'on aurait dit éternel se lisait dans leur maladroite étreinte. En plus, ils étaient beaux.

Et puis l'autre avait appelé. Il lui avait répondu sans appréhension ni rien. Guérin a lancé un Alors ? Aussi autoritaire qu'impatient. Lui a continué de marcher en silence dans la direction des Brotteaux, laissant son interlocuteur monter dans les tours. Tu as le fric ? On se retrouve où ? Quelle heure ? Allo ? À ces questions de plus en plus sonores, il avait répondu par des Plus ou moins, Peut-être, Je ne sais pas, Ça dépend... Le détective était vite passé aux menaces. Tu vas voir ta gueule. Simon avait fait durer encore un peu – Allô, je ne vous entends plus – avant de raccrocher.

Les boutiques et les voitures s'étaient éclairées sans qu'il ne voie tomber le jour. Les quelques enseignes du quartier chinois l'avaient peut-être réveillé. Et pourtant, que les trottoirs étaient déserts. Dans un autre restaurant, on l'aurait envoyé balader, l'air de lui signifier qu'avant l'heure, c'était pas l'heure. Au Paris-Saigon, un jeune serveur lui avait désigné les tables libres avec un grand sourire.

Le lieu est resté vide durant tout son repas. Près des cuisines encore silencieuses, le personnel était aussi en train de dîner. Hommes et femmes semblaient issus d'au moins trois générations différentes et, quels que soient leurs rapports, on devinait qu'ils appartenaient à la même famille. Rien ne les séparerait. Rien ne modifierait ces repas et ces rituels. Jusqu'à la fin des temps.

◆

Son téléphone vibre. De nouveau, le détective. Simon écoute son message ordurier avec une indifférence qu'il ne se connaissait pas. Et pourtant. Ça fait un moment qu'il a franchi le cap du désespoir, celui qui vous immunise contre tous les venins de la nature humaine. Le pire est advenu. Alors un détective véreux...

Il se déshabille, avale sa dose d'anxiolytiques, urine, se lave les mains, se brosse les dents, jette un œil de la baie vitrée donnant sur le pont Gallieni, suit une silhouette qui trop vite disparaît. Il ferme les yeux, le front appuyé contre la vitre froide.

Allongé sous sa couette de fortune, Simon comprend soudain que le sommeil ne viendra pas comme ça. Tel le goutte-à-goutte d'une perfusion, une espèce de désarroi commence à s'insinuer en lui. Chasser les images de demain. C'est à venir, c'est encore flou. Mais voilà que subitement, tout est emporté dans la même coulée de temps. Simon est allongé dans la forêt. Des portables sonnent. Il marche, trébuche, s'effondre dans les ronces. Des avions grondent dans le ciel. Des hélicoptères. Aucune prise pour sa mémoire. Tout revient ou repart, ou disparaît.

Ce sera encore pire quand, après avoir avalé un somnifère de plus, le sommeil finira par venir. De cette plongée, il ne se souviendra d'aucun détail ou presque. Juste la forêt muette et une solitude d'enfant, un enfant perdu à jamais. Il se réveillera en pleurs, les mains crispées sur un coussin.

Il est onze heures du matin. Simon se gare avec minutie, presque en face de la maison. Il n'y a que dans les films que les personnages restent dans leur voiture à ruminer on ne sait quoi. Dans la vraie vie, il y a toujours un témoin de ce que vous avez fait. Ces pensées ne font que l'effleurer. Il saisit sa sacoche de travail, si légère désormais, et sort de sa voiture sans la moindre hésitation.

Le skate git toujours à la même place. De quoi a-t-il l'air devant cette porte ? Il presse la sonnette. Un temps. Échos de voix à l'intérieur. Un garçon aux cheveux mouillés, bruns et bouclés finit par ouvrir. Un visage doux et endormi. Milo est en short, pieds nus. Comme la supposée jeune Francesca qui surgit derrière lui. Un samedi matin dans une famille.

Une femme apparaît à son tour. Daphné est rousse, ses cheveux ramenés en queue de cheval. Quelque chose dans sa démarche, ou peut-être la nuance de son regard, en fait presque un personnage de film. Simon ne s'est pas encore exprimé. Juste Bonjour et des sourires. Il s'agit d'être pris au sérieux. J'aurais besoin de voir Monsieur Houser. C'est... disons... personnel.

Passé le hall, Simon se retrouve dans une sorte d'immense pièce à vivre qui donne sur un jardin. Une piscine couverte. Des plantations d'apparence exotique. Gian, ce monsieur voudrait te parler, en privé. Houser semble avachi dans un petit fauteuil orienté vers l'extérieur. On ne voit que son crâne dégarni. Il se lève assez vivement, réajuste ses lunettes et détaille son visiteur. Son visage, son aspect, sa sacoche. La pièce s'est vidée derrière lui.

Houser est une silhouette filiforme et incertaine, du moins à contre-jour. Simon pourrait se saisir de son couteau de cuisine et, après avoir brièvement décliné son identité, poignarder cet homme. Peut-être croit-il s'accorder un répit en désignant la terrasse qui donne sur le jardin. On peut discuter cinq minutes tranquilles ? Houser secoue la tête comme incrédule. Vous êtes qui, en fait ?

Derrière la double porte vitrée qui les sépare de l'entrée, passe furtivement une ombre puis une autre. Houser a écouté le bref récit de Simon, qui s'en est tenu au pire. La disparition des siens dans le crash du vol LH764. Ils sont désormais assis l'un face à l'autre dans la partie salon. Si ce n'est ce léger tremblement qui traverse son corps, l'aiguilleur du ciel n'a esquissé aucun mouvement. Mais ses yeux n'ont jamais quitté ceux de Simon.

J'attendais quelqu'un comme vous. J'en éprouvais même un immense besoin. On m'a tellement protégé. Mon entreprise, ma famille... On dirait que tout le monde souhaite que j'aille mieux. On m'a mis en congé maladie longue durée. Congé maladie... Mais quelle maladie ? Pardonnez-moi de parler. Je devrais juste fermer ma gueule.

Simon est figé dans un silence qui pourrait durer... jusqu'à quand ? Le voilà arrivé au bout, en tête-à-tête avec celui qui a détruit sa vie. Il n'a même pas envie de lui poser des questions sur son véritable rôle dans la catastrophe aérienne. Ça ne lui servirait à rien. L'homme lui fournira des explications qu'il n'a pas envie d'écouter. Il est uniquement là pour le tuer.

La voix de Houser semble s'éteindre à mesure qu'il prononce ces quelques mots. Si vous êtes venu pour... disons... vous venger, c'est le moment. Il désigne la sacoche et incline la tête vers le sol. Une ombre s'est immobilisée derrière la double porte. Daphné apparaît. Elle s'approche de quelques pas, comme tenue à distance par la singularité de la situation. Je venais voir si monsieur souhaitait un rafraîchissement. Simon s'entend répondre d'un ton qu'il ne se connaît pas. Un verre d'eau, s'il vous plaît madame.

Ils sont désormais assis tous les trois. Simon a éclaté en sanglots, quelque chose d'incroyable, une explosion de larmes. Et il se met à lâcher des bribes de ce qu'il a vécu ces derniers mois. La forêt. L'hôpital. La tombe. Daphné a posé sa main sur l'une de ses épaules. Houser s'est levé puis aussitôt rassis. Ses deux grands enfants ne franchissent pas le seuil de la pièce. Mais ils sont là.

◆

Comment Simon se retrouve-t-il en train de déjeuner avec cette famille ? Daphné vient de l'appeler par son prénom. Oui, il aime la roquette et la feta. Houser revient avec une bouteille de vin rouge. Pas avec tes médicaments, Gian, tu le sais. Sa femme prend un air contrarié puis se tourne en souriant vers leur hôte : Vous désirez un peu de vin ? Non, jamais, madame.

Les deux adolescents mangent en silence et jettent parfois un regard à l'invité. Que leur a soufflé leur mère entre deux allers-retours à la cuisine ? L'essentiel ? Ou un mensonge ? Francesca et Milo ont des gestes retenus, comme ralentis par cet étrange repas, ce qui leur confère une sorte d'élégance. La conversation est tissée par Daphné, laquelle qui fait comme elle peut pour ne pas sombrer dans les banalités. D'autant que Simon se crispe sur son verre d'eau et ne distille que de courtes réponses, oui, non, je suis architecte, j'habite quai de l'Université à Lyon. Houser se force à acquiescer.

Sur le canapé, son téléphone vibre parfois dans la sacoche. Aucune importance, précise-t-il en souriant. Ses hôtes sourient aussi. Peu à peu, la tension se dilue et les visages se décrispent. On boit le café, Daphné allume la télé et les enfants sortent leur smartphone. Seul Houser semble porter le même masque fripé depuis l'arrivée de Simon.

Ce dernier ne réfléchit plus depuis un moment. Il se laisse porter par la situation, l'ambiance, les détails. On débarrasse la table, on se retrouve à la cuisine, on glisse les assiettes dans le lave-vaisselle. Tout paraît facile, même si l'on devine que les deux adolescents se forcent à jouer le jeu. Daphné ne doit pas être une femme loquace, du genre à parler pour ne rien dire, mais elle s'en tire bien. Simon a cette intuition.

Ils se retrouvent tous les deux accoudés sur le balcon. Un surplomb métallique, quelque chose d'une coursive de navire, en plus vaste. Daphné désigne du doigt quelques plantes exotiques et la piscine qui nécessite trop d'entretien, puis elle s'interrompt et reprend. Ça ne tient pas debout cette situation, n'est-ce pas ? La réponse tarde à venir. Un bref instant, Simon songe à sa sacoche et au couteau. Je ne sais pas quoi vous dire, Daphné. Je n'aurais jamais dû venir chez vous, ça ne change rien. Rien à rien.

Que dire de plus ? Simon se retourne dans un réflexe et entrevoit Houser immobile dans son fauteuil. Un reflet de lumière masque ses yeux. Il ne l'avait même pas remarqué, mais le ciel s'est entièrement dégagé. La trace vaporeuse d'un avion tire une ligne verticale, comme en partance pour l'espace. Un courant d'air glacé balaie brusquement la terrasse. Daphné frissonne et ils rentrent.

◆

La nuit est tombée quand Simon se réveille en sursaut devant la télé. Une odeur de soupe flotte dans l'air. Francesca lui sourit et se remet à son smartphone. Papa est allé marcher un peu. Vous avez bien dormi ? lance-t-elle de son canapé d'un air presque amusé. Je ne sais pas. J'ai dormi longtemps ? Elle émet un soupir comme pour réfléchir. Oh longtemps, je sais pas trop, mais quand même… Elle porte une sorte de large pyjama, un sweat et des socquettes. Des couinements de dessin animé semblent surgir par instants de son portable.

Difficile d'émerger de sa torpeur. Simon cherche à tâtons sa sacoche qui vient de vibrer. Il manque se couper en attrapant son téléphone. Tous ces textos. Manfred, Wimmer, Dmytryk. L'association des victimes. On se préoccupe tant de sa personne ? Et le détective qui va lui faire bouffer le trottoir.

On s'affaire à la cuisine. Simon se sent obligé de parler. Tu es au lycée, Francesca ? Ouais, en seconde. Elle gigote sur son canapé. C'est nul. Ils sont tous nuls dans ma classe. Les profs aussi. Elle émet un petit rire. Sauf le prof de maths. Il est jeune, marrant et mignon. Elle rougit de ce dernier mot, tire machinalement sur l'une de ses chaussettes qui soudain voltige au milieu du salon. Mince ! La honte… Pardon.

Et ton frère ? Oh, mon frère. On sait même pas où il est. Avec ses potes, voilà, il dit toujours ça, avec mes potes bla bla bla. Et tu les connais, ses potes ? Trop… Y'a les gentils, y'a les méchants... Mais les méchants, enfin les losers, rien que de les voir, j'ai pas envie de les connaître. Trop dark, ces mecs. Et depuis que mon père est pas bien, Milo en profite. Francesca semble se crisper sur elle-même. Enfin, je sais pas si je devrais vous raconter des trucs pareils.

Ce sont ces derniers mots qui remettent Simon dans le contexte. Il se lève et s'empare de sa sacoche. Bon, je vais vous laisser tranquilles, je vais rentrer chez moi. Le souffle de la porte d'entrée, les voix du père, du fils et de la mère qui se mêlent au même instant. La mère : tu sens le shit Milo. Ah c'est bon, je sens rien. Lâchez-moi. Le père : tu as fumé, Milo ? Simon figé tel un Playmobil avec sa sacoche. Francesca à moitié extirpée du canapé. La chaussette sur le parquet.

De la soupe de poireaux et des linguine parmesan tout bêtes. J'ai fait avec ce qu'on avait. Ça vous va ? Simon acquiesce vivement. Bien sûr, mais il ne fallait pas... Houser pose sa main sur le bras de Simon, puis esquisse un sourire. Ne vous en faites pas. S'en suit un singulier silence, qui pourrait s'étirer. Daphné tend son pilulier à son mari. Ce dernier en extrait un à un ses comprimés. Il tremblote, c'en est gênant. Mais Simon suit ses gestes flous avec attention, comme si lui-même n'avait jamais pris le moindre anxiolytique.

Second repas. Peu de mots. Le cliquetis des couverts sert de bande sonore, ponctuée par les reniflements de Milo. Houser semble manger au ralenti. On dirait que Daphné et Francesca tentent de capter le regard de Simon, comme pour faire diversion. Pour la première fois, il se dit qu'elles sont belles. La nette rousseur de la mère s'est convertie en une teinte plus auburn chez sa fille. Cette dernière a également une peau moins pâle, plus mate.

Tu penses faire quoi maintenant ? La question qu'adresse Milo à Simon, et ce tutoiement, tombe sur la table comme un fruit trop mûr. Qu'est-ce que tu as pris pour être dans cet état ? On dirait que Houser tente de restaurer son statut de père. Mais ça manque d'assurance, d'énergie, de présence. Et toi, t'as pris quoi ? lui balance son fils. Tu pues la bière. Daphné fait claquer une voix de métal. On arrête tout de suite. Francesca, tu peux sortir les yaourts ? Houser quitte la table. Gian, tu vas où ?

◆

L'effet du bromazépam s'éteint lentement, ramenant Simon à petite vitesse vers la surface. Il sait où il est, la couette et les oreillers sont doux et il ne veut surtout pas bouger. Pas le moindre bruit. Juste un présent moelleux qu'il tente de prolonger. Il finit par ouvrir les yeux et se tourne vers la lueur rouge. Quatre heures treize.

Ce pyjama est tout neuf, il devrait vous aller. Je l'avais acheté pour Gian, au cas où il parte en maison de repos. Il n'a pas voulu. Simon a tenté de manifester son embarras quand Daphné lui a proposé de dormir chez eux. Mais il n'a pas résisté longtemps. L'idée de retrouver son grabat dans le salon l'a traversé, fugitive. Bon... Francesca a paru réjouie par sa réaction, s'activant avec sa mère dans la chambre d'ami.

Pardon pour tout à l'heure. Milo a passé une tête avant d'aussitôt s'effacer. Sa mère est apparue. Vous prenez du café, le matin ? Simon avait été fasciné par cette façon chez Daphné de rendre si simple une situation telle que celle-ci. Voilà qu'un homme désespéré, encore inconnu quelques heures auparavant, est accueilli et hébergé comme un ami.

Par instants, le regard de la jeune femme était assez saisissant, pareil à celui d'un être qui vous aurait connu en une autre vie. À croire que ses yeux décryptaient les mouvements de votre pensée.

À peine une dizaine de minutes plus tard, les éclats d'une dispute sont remontés jusqu'à l'étage. Une dispute où s'entrechoquent les voix distordues des membres de la famille. Seule celle de la mère semblait conserver un semblant de calme et de fermeté. Que se reprochait-on ? Simon n'avait pu capter que quelques bribes. La véhémence de chacun confirmait ses hypothèses : son irruption n'avait fait que creuser les fissures d'une famille au plus mal.

L'état de Houser – son mutisme, ses yeux égarés, son alcoolisme – semblait l'isoler encore davantage des siens. Plus que sa responsabilité dans la catastrophe aérienne, c'était peut-être son attitude face à l'événement qui suscitait l'énervement voire l'hostilité de ses proches. À moitié anesthésié sous sa couette, Simon s'est vaguement surpris à savourer cette querelle familiale qui a dû cesser avant que lui-même ne s'endorme.

Désormais éveillé plus qu'il ne le faudrait à cette heure, Simon ne se rendormira pas. Cette nuit, sa conscience est plus forte que son anxiolytique. À mesure qu'il revient à lui, il saisit l'absurdité de l'épisode qu'il vient de vivre. Peut-être devrait-il être mort ou en prison ? Il ne sait pas comment on tue un homme, ça non. Mais il pensait que sa rage de désespéré guiderait son geste. Il aurait suffi de frapper le torse ou la gorge de Houser. Juste rester lucide pour frapper encore. Sa victime se serait effondrée et ça aurait été fini.

Ce désir de tuer s'était évaporé à la seconde où on lui a ouvert la porte. Comme s'il était entré dans une scène de film dont il n'aurait été qu'un acteur secondaire. Et aussi le spectateur. Il avait passé cette journée à côté de la réalité, hypnotisé par la vie d'une famille. Pas n'importe laquelle. Tout avait été trop simple. Est-ce qu'au moins une fois on avait parlé de la mort des siens ? Non, non, non. Il s'est endormi devant la télé, avait bouffé de la soupe et des pâtes et fini par s'endormir sous une couette. Dans la maison du meurtrier.

Simon a aussi soif qu'envie de pisser. Il se sent emprunté dans ce pyjama. Cette panoplie. Cela fait-il partie du jeu grotesque auquel il a pris part ? Il sort de la chambre et tente de s'orienter. Le temps que ses yeux s'accoutument à l'obscurité, il se heurte à ce qui doit être l'issue arrière de la maison. Retour en sens opposé. Il tâtonne, ouvre une porte, éclaire et découvre une sorte de cellier. De là, il devine le bout du couloir. Mais au moment où il pénètre dans le living, il s'immobilise soudain en voyant la lumière bleutée qui inonde le parquet. Et en entendant le son affaibli de la télé.

Houser est couché en chien de fusil sur l'un des canapés. Il ronronne et aussi renifle, mais il a l'air de dormir. Sur l'écran, des alpinistes gravissent un sommet enneigé. Au bout de l'ultime, s'extasie une voix off. Simon entre dans la cuisine dont il repousse la porte vitrée derrière lui. Il tâtonne jusqu'au frigo qu'il ouvre pour obtenir un peu plus de lumière. Le Tupperware de soupe. Les linguine sous film plastique. Du jus d'orange. Des gourdes de compote et des yaourts. Toute cette hygiène alimentaire le déconcerte. Ou pire. À cet instant, il pourrait renverser le frigo, que son fracas sème la panique dans la maison.

Au lieu de ça, il boit au robinet à courtes gorgées comme pour se calmer. Ça lui rappelle au moins l'enfance, les grandes soifs quand on a trop joué, les lavabos de l'école. Simon perçoit un glissement sur le sol. Ses yeux se sont accoutumés à la pénombre et une silhouette se dessine derrière la surface vitrée qui lentement s'entrebâille. Vous avez besoin de quelque chose, Simon ?

Houser n'allume pas la lumière. Ça recommence. Cette sensation d'être englué dans un monde parallèle. Simon adapte sa voix à ce tête-à-tête. Un ton neutre, un peu distant. J'avais soif. L'autre ne bouge pas. Je comprends. Qu'est-ce qu'il comprend ? Et si c'était le moment ? Si Houser n'attendait que ça ? Son châtiment.

Il suffirait d'éclairer le plan de travail, d'ouvrir un tiroir et de choisir le juste instrument de mort. Peut-être que l'autre n'opposerait aucune résistance et finirait par s'effondrer dans la pénombre. Vous avez peut-être encore faim ? Il reste des linguine, je crois. Vous voulez que... Non, je ne veux rien. Juste aller pisser.

Cinq jours déjà. Simon ne s'est pas suicidé, il dort sur son grabat, consomme ses divers médicaments, mange quand il a faim. Il simule autant qu'il peut auprès de ceux qui prennent de ses nouvelles. Par texto de préférence. Le plus difficile, c'est avec sa belle-famille allemande. Il se sent parfois contraint de répondre de vive voix. Manfred parle de mieux en mieux français. Lui ressort lessivé de ces quelques minutes d'échange. Le détective semble avoir lâché l'affaire.

Est-ce le bilan qu'il délivrerait à Blandon, son psychiatre ? Il passerait certainement sous silence le contenu actuel de ses journées. D'autant qu'il n'en a pas encore cerné lui-même le sens. Est-il trop lâche pour mourir ou pour donner la mort ? Cette dernière option serait pourtant si facile. Houser est seul une grande partie de la journée, et s'il sort de chez lui, c'est pour se ravitailler en alcools. Il faut le voir se traîner avec ses cabas de bouteilles, s'essouffler, marquer une pause, ouvrir une canette en pleine rue. Voilà ce qu'il sait depuis qu'il a commencé à espionner la famille.

◆

C'est la seconde fois que Simon stationne sur l'immense parking de l'entreprise Pharmaworld à Ecully. Une quinzaine de voitures le séparent de celle de Daphné. Pause méridienne. Il espère quelque chose, un déplacement de sa cible qui nécessiterait de la suivre. Sa cible ou sa proie ? Il balaie la question et achève de mastiquer son sandwich poulet tomate mayo.

La voiture s'est vite refroidie. Simon s'accorde un petit quart d'heure avant de repartir. Daphné doit déjeuner avec ses collègues. Que lui inventer d'autre ? Un amant ? Quand elle a quitté la maison ce matin, il a eu le temps d'apprécier sa tenue, son look d'assistante de direction, quelque chose comme ça. Tailleur, port de tête, queue de cheval. Et elle s'est installée avec souplesse dans sa Mini Cooper. Comme si le monde n'avait jamais cessé de tourner à la même vitesse. Mais au-delà des apparences, cette femme l'intrigue. Lui vient encore une fois à l'esprit qu'elle ressemble à un personnage de film.

Des vingt-quatre heures passées dans cette famille, il ne garde que peu de souvenirs, quelques fragments. D'autres lui manquent, comme tous ces moments perdus qu'il a pourtant vécus durant ces derniers mois. Comme si des anticorps avaient partiellement plongé sa mémoire dans un bain d'amnésie. Histoire de résister... mais à quoi ? Simon se souvient davantage d'ambiances que de détails. Ce qui le ronge désormais, c'est que ce séjour chez les Houser lui paraît a posteriori cotonneux, ouaté, presque agréable. Et ça, ce n'est pas possible.

◆

Simon nettoie les lettres avec un pinceau imbibé de white-spirit. Oublier les prénoms, les dates de naissance, ne voir que des idéogrammes. Il fait froid mais il le mérite, ce froid. Eux aussi ont froid, là-dessous. Voilà, c'est fait. Il plisse les yeux pour ne pas lire les prénoms, les noms, les dates. Simon pose de nouveau les pieds sur le gravier et efface avec soin les traces de ses chaussures sur le caveau familial. À plusieurs reprises, il remplit un arrosoir à la pompe à eau. De rares visiteurs, à cette heure. On se murmure un bonjour.

Il essuie désormais la plaque de marbre noir avec une peau de chamois. Gestes lents, appliqués. L'impression de caresser la tombe et ceux qui y reposent. Je vous aime, je vous aime. Le voilà à moitié allongé sur la roche sombre, les yeux clos. Quand il les rouvre, c'est pour découvrir une vieille dame immobile en train de l'observer. Il se redresse et elle disparaît aussitôt dans un crissement nerveux de graviers.

Son téléphone vibre quand il remonte dans sa voiture. Je pense bien à vous. Quand est-ce que vous repassez à la maison ? Ce serait cool. Francesca. Le tout en trois messages. Et un point d'interrogation moins d'une minute plus tard.

Simon démarre. Emprunte une rue qui le remet dans la direction de Caluire. Conduire l'apaise un peu. Soudain, il bouillonne. Il était étendu auprès des siens et voilà qu'il se laisse de nouveau mener en bateau. Ce n'est pas ça, un homme digne et libre. Un homme digne et libre arrêterait sa bagnole n'importe où, là par exemple, sur le pont de l'Université. Portière ouverte. Crissements de freins. Klaxons qui l'invectivent. Il rejoindrait la balustrade et hop ! il se jetterait par-dessus bord. Le piètre nageur qu'il est plongerait à pic.

Simon pense au cimetière. Il lui est plus facile de s'occuper de la tombe que de pénétrer dans les chambres des siens. Jamais il ne songe aux dépouilles dans leur cercueil. Comme si le marbre le séparait du royaume des morts et de ses mystères. Il a esquivé les images, fermé les yeux devant une photo ou retourné un portrait. Au risque de perdre le souvenir des visages adorés. N'entrevoir plus que des silhouettes.

Mais cela ne peut pas durer. Si seulement il avait idée de ce qu'il est en train de faire.

◆

Pourquoi Francesca s'intéresse-t-elle plus à son sort qu'à celui de son propre père ? Simon ne se rappelle pas avoir saisi la moindre nuance de compassion dans son attitude à l'égard de Houser. Que lui reproche-t-elle ? Sa supposée responsabilité dans la catastrophe ou l'état de prostration dans lequel il est tombé ? Est-ce à dire que lui-même semble moins désespéré ou plus à même de surmonter sa douleur ? Un père peut-il tout supporter aux yeux de sa fille ? Qu'aurait fait Simon s'il avait été responsable d'une telle catastrophe ? Stop. Pas envie de se glisser dans la peau de ce père qui a encore ses enfants.

La piqûre de tique le démange à nouveau depuis ce matin. Il glisse sa main sous son t-shirt et la presse avec son ongle. En rentrant, il crèvera encore ce bouton jusqu'au sang et le badigeonnera de Bétadine. Les abords du bowl commencent à se peupler. On est vendredi, fin de semaine, et le lycée n'est pas loin. Au fait, qu'est-ce qui l'a mené jusqu'ici ? Pas une intuition, non, mais un bout de phrase qu'il a saisi au vol l'autre jour. Sans doute prononcé par Francesca. Une cascade de prénoms et une allusion au skate-park.

Seuls ou en grappes, les lycéens défilent le long de sa voiture. Aucun ne semble prêter attention à sa présence. D'autres adolescents se dispersent autour du skate-park et, malgré le froid, se posent sur le ciment ou de rares cubes de béton. Cela tient peut-être au mouvement de ces silhouettes, au flottement de leurs corps. Simon se revoit lui aussi assis en tailleur dans un square près de son lycée. Dans sa petite bande, ça fumait pas mal. Les joints tournaient, mais il passait toujours son tour. Il se souvient bien de l'odeur qui persistait parfois jusque sur ses vêtements. Un jour de fin d'année, l'un de ses copains – peut-être Dmytryk – avait sorti de son sac une bouteille de vodka piquée chez ses parents. Pour la première et unique fois de sa vie, Simon avait été tenté d'essayer. Peut-être à cause de la transparence du liquide. Pour le convaincre, quelqu'un avait ajouté qu'en russe, ça signifiait petite eau. Par fierté, il avait avalé cette goulée de feu sans broncher. Son visage écarlate et ses yeux en larmes avaient bien fait rire. A posteriori, il avait compris qu'il avait fréquenté les élèves parmi les plus borderlines du lycée. Ces derniers toléraient son côté ascète. Cette forme de pureté, d'absence de concession devait finalement les impressionner. Quelqu'un l'appelait même le Bonze.

Milo est dans son champ visuel depuis un moment. Installé un peu à l'écart, aux côtés de trois autres garçons. Ce qui ne peut être qu'un joint circule entre eux. Leur tête bascule en arrière à chaque bouffée. On dirait qu'ils s'esclaffent parfois. L'un d'eux s'allonge dans l'herbe tel un animal repu. Un autre semble rouler un deuxième joint. Sa tête s'agite comme rythmée par une musique. Milo vient de se lever et s'approche de la rampe de skate.

Une fille blonde et fine y évolue seule, avec une assurance ahurissante. Elle est coiffée d'un casque audio et l'on devine qu'elle file sur le béton au rythme de sa musique. Ce qui aimante Simon, c'est l'aisance et le plaisir avec lesquels la lycéenne glisse et virevolte sur la piste, loin des autres et du réel. Ce superbe détachement du monde.

On sent Milo captivé par les prouesses de la skateuse, les nuances de sa chorégraphie. À chacun de ses passages devant lui, il l'interpelle et même l'applaudit. Elle paraît lui sourire, variant à chaque tour ses figures, toujours aussi légère et gracieuse. Que lui demande-t-il quand il s'agenouille au bord de la piste, tel un suppliant ? Elle finit par s'arrêter à sa hauteur. S'engage une brève discussion avant que Milo ne s'élance à son tour sur la planche que la jeune blonde vient de lui confier.

Son premier tour de piste est presque impeccable, mais dès l'entame du second, le garçon tangue, vibre et commet des maladresses de débutant. En tentant d'accélérer, il finit par perdre l'équilibre, dérape sur le béton et évite une chute de justesse. Le skate s'en va rouler quelques mètres, le temps que la jeune fille s'empresse de le reprendre, non sans l'avoir examiné, pour disparaître aussitôt. Milo rejoint ses potes hilares.

Voila. La bande de Milo lève le camp. On se check. Plus un signe de complicité qu'un tchao. Dispersion. À croire qu'ils résident aux quatre points cardinaux. Avant l'arrêt de bus, Simon s'arrête à la hauteur de Milo.

Le garçon ne cherche même pas à savoir. Remue sur son siège passager. Ne cesse de renifler. Simon a entrevu ses yeux luisants, saisi sa voix rauque et trop vive. Milo fait défiler des trucs sur son portable, lève le nez, revient à son écran, marmonne un : Vous connaissez le chemin ? Lui acquiesce. Ralentissement. Petit embouteillage de fin de journée. S'installe un silence qui pourrait durer. Avant que le garçon ne lâche : Ce serait cool si vous passiez à la maison.

Milo balbutie des bouts de phrases. Il n'en peut plus. Non, mais sérieux. Mon père... C'est plus possible. On n'arrive pas à lui faire cracher un mot. Le minimum, quoi. T'es responsable ou pas ? C'est ta faute si ces avions, si tous ces gens... Il s'est enfermé dans sa tête avec ses médocs et son alcool. Il nous rend dingues.

Qu'est-ce qu'il pourrait ajouter ? Simon laisse le silence de nouveau se tisser. Manque heurter un cycliste qui brandit le poing dans le rétroviseur. Lance un signe d'excuse. Se cramponne à son volant. Mais ça revient comme une nouvelle vague. Milo. Le procès va durer mille ans et nous, putain... L'adolescent se penche vers lui. Très près. Comme sur le point de lui poser une question. Mais il se retient d'ajouter quoi que ce soit.

◆

Milo l'a planté dans l'entrée de la maison, a hurlé à sa sœur de descendre et s'est empressé de ressortir. Pour se fumer un autre joint ou pour se ravitailler ? Le parfum de Francesca la précède, un truc fruité d'adolescente. Elle lui demande si un thé, ça lui ferait plaisir, oui, même s'il n'en boit que rarement. Sa femme Beate en emportait tous les jours au travail, dans un thermos. *Sa femme*. Simon se demande pourquoi il a confié ce détail à cette jeune fille. D'autant qu'aussitôt, cette dernière tente de petites questions qui semblent s'achever en points de suspension. Il ne peut rien face à sa spontanéité, à cette naïve maladresse. Après de vagues réponses, il finit par lâcher : C'est dur d'en parler comme ça. Plus tard peut-être.

Plus tard ? De quel plus tard lui parle-t-il ? Il avale une gorgée de thé. Comme si elle avait pris conscience de son impair, Francesca saisit son portable et se met à pianoter. Maman rentre toujours tard le vendredi, je vais lui dire que vous êtes là. Moi, j'ai fitness. Simon acquiesce à l'information, sourit à vide. Et votre père ? Mon père ? Oh... (Soupir.) Je sais pas. À tout à l'heure ?

Le voilà seul dans la maison des Houser. Il se laisse soudain guider par une sorte de curiosité malsaine. Celle que doit éprouver un cambrioleur à violer l'intimité d'un lieu privé. Même s'il en a conscience, il s'empresse de monter au premier étage.

Les chambres de Francesca et de Milo sont ouvertes, celle du garçon encore éclairée. WC. Salle de bain. C'est comme un travelling où il ne se sent attiré que par une seule pièce : la chambre conjugale. Il hésite une seconde avant d'en ouvrir la porte, tente de capter le moindre bruit. Puis il entre. La couette est vaguement tirée, entrouverte côté gauche. Simon entrebâille la penderie où sont alignés des vêtements. Il la referme aussitôt. Près de la fenêtre, une planche et un fer à repasser. Une panière où s'amoncelle de la lingerie. Simon parcourt la pièce des yeux une dernière fois. Sur la commode, des photos de famille, visiblement d'un autre temps.

Il s'empresse de regagner le rez-de-chaussée et rejoint le couloir qui mène au jardin. Rien qu'il ne connaisse déjà. Par curiosité, il éclaire la chambre d'ami où il a dormi. Lit tiré au carré, prêt pour son retour ? De nouveau, le living. Il ouvre un dernier placard où sont empilés un sac de couchage, des vêtements froissés et des bouteilles vides. Les effets de Houser, plus grand chose. Le claquement d'une portière le fait sursauter.

Passé les retrouvailles – Ils vous ont laissé tout seul ? –, Daphné livre quelques détails sur son travail de secrétaire de direction, ses collègues, deux, trois anecdotes. Ce qui trouble Simon, c'est le ton de Daphné, cette impression qu'ils se connaissent depuis longtemps, cette complicité qui semble les unir. Et pourtant, à peine s'est-elle assise qu'on devine une certaine retenue. Elle ne cesse de tirer sur la jupe de son tailleur vert menthe. Qui a peur de qui ?

Retour de Francesca. Maman, ça te va bien, ces vêtements, hyper classe, mais t'es super maquillée, non ? Sa mère rosit. Ah bon ? L'envahissant parfum de la fille se mêle à celui de la mère, plus subtil, plus pénétrant. Il a toujours été sensible aux parfums. Beate en changeait trop souvent, et parfois même cela le frustrait. Ce climat féminin le déroute. Il s'attarde un peu trop sur l'apparence de Daphné – cette histoire de maquillage, l'ivoire de sa peau de rousse, son tailleur –, et il se sent curieux de Francesca. Ça tient peut-être à son extrême présence, sa manière de bouger, sa voix. Et son regard aimanté sur lui. Voilà comment, lorsqu'on le convie à dîner, il en rajoute une couche. OK, mais c'est moi qui invite.

Houser est apparu au milieu du repas. Fripé et livide. C'est comme si son arrivée tardive passait inaperçue. Si ce n'est aussitôt cette odeur de bière qui flotte autour de lui. Il a fallu que Simon se crée un compte Uber Eat, le genre de formalité que Francesca a adoré régler en s'emparant de son téléphone. Elle a ensuite disparu pour revenir habillée d'un legging et d'un audacieux petit haut. Daphné a paru tiquer mais n'a pas commenté.

On mange donc Burger King comme en un autre temps, quand Beate se chargeait de ce genre de commandes. C'était souvent le vendredi soir. Milo a choisi un burger à triple étage, des frites au cheddar et des nuggets, et sa mère lui fait les gros yeux. Lui avec son nez qui renifle et ses lèvres luisantes de ketchup : Ben quoi ?

Après avoir avalé ses médicaments, Houser a croqué une moitié de Whopper et bu quelques gorgées de coca. Son visage s'est peu à peu détendu mais ça n'a pas duré. Un regard un peu trop appuyé de Simon a dû le désarmer et l'illusion d'un répit s'est évanouie. Les enfants ne prêtent plus attention à leur père et se laissent de plus en plus aller. Daphné tente de maintenir une ambiance qu'elle veut décente vis-à-vis de leur hôte.

On se retrouve échoué devant la télé comme sur des radeaux de mousse. Simon n'est pas très familier du type d'émissions que Francesca fait défiler à grande vitesse. On le bombarde de questions. Sur ses stars préférées, des séries et des films dont il n'a jamais entendu parler. Beate et les enfants lui reprochaient souvent de n'être au courant de rien. Papa, t'es né au Moyen Âge, se moquait Petra. Houser persiste dans le décor, en bout de canapé, comme s'il allait bientôt s'affaler sur le sol. On dirait que Daphné regarde son mari sombrer, et puis très vite ses yeux reviennent à Simon. Ses yeux qui semblent si bien le connaître.

Et si on faisait un jeu de société ? lance Francesca. Curieusement, Milo est le premier à pousser un Ah ouais enthousiaste. S'en suit un bref silence suivi d'un éclat de rire.

Comme si les deux adolescents avaient conscience de l'effet produit. Daphné, visiblement déconcertée, consulte Simon du regard et ce dernier, qui ne s'attendait pas non plus à ça, exprime un vague Pourquoi pas ? La mère tempère son fils et sa fille, qui ouvrent déjà des tiroirs et en sortent des boites. Le père a disparu dans la pénombre.

Simon acquiert la rue de la Paix et l'avenue des Champs-Élysées. Et pas que. La chance, répète Francesca mi-admirative, mi-amusée. C'est vrai que le hasard ce que sa voisine nomme la chance, font de lui un homme riche au Monopoly. Putain, la lose, grommelle Milo en achetant la rue Lecourbe. Le jeu pourrait se poursuivre ainsi jusqu'à son terme. Car, oui, cela ressemble à une partie familiale un vendredi soir. Un vendredi soir normal.

Les dés roulent sur le plateau cartonné. Les pions y glissent tour à tour. Il y a des silences. Les voix sont feutrées. Caisse de communauté. Chance. Avenue Mozart. J'achète. Froissement de billets. Il joue. Rien que ce verbe dans sa tête ne peut plus tourner rond. Il se sent captif. Quelque chose qui ne va pas, Simon ? Vous êtes tout blanc. Son dos ruisselle de sueur et il a l'impression que son cœur bat trop vite. Il se lève brusquement, entraînant la chute de sa chaise. Désolé, vraiment désolé. Il faut que je rentre.

Vous ne voulez pas dormir ici ? La tête lui tournait et il s'est rassis. Il avait avalé trois verres d'eau avant de lâcher un non sec et de se relever. L'autre, le zombie, était figé à côté de son fauteuil dans l'obscurité. Simon a gagné la porte d'entrée comme un homme qui voudrait remonter à la surface avant de se noyer. Maintenant, il roule, vite, coude à la portière. L'air glacé le fouette et ça lui fait du bien.

Son téléphone vibre. Prévenez-nous quand vous serez arrivé, nous sommes inquiètes. Inquiètes ? Lui, il pense à la sacoche avec le couteau. Il aurait dû égorger Houser comme un animal. Ce mort-vivant. Sans réfléchir. L'aiguilleur du ciel, tu parles ! Simon était entré dans cette maison avec un but. Cinq minutes plus tard, il était trop tard.

Une autre idée est en train de germer en lui. Ça vient, ça viendra. Une bombe à fragmentation.

Gyrophare dans le rétroviseur. Coup de sirène. Il est dépassé par une voiture de police sur le quai de Serbie. On lui intime l'ordre de s'arrêter. Le véhicule se gare devant le sien et trois uniformes s'en extraient. Deux hommes et une femme encerclent sa voiture. Le plus corpulent toque à sa vitre, qu'il avait instinctivement refermée.

C'est la première fois de sa vie qu'il est contrôlé par la police. Vous avez une idée de la vitesse à laquelle vous rouliez ? Simon doit afficher un visage effaré. Il secoue la tête, muet. Coupez le contact. Carte grise, permis de conduire. On entend crachoter la radio de bord. En plus, monsieur, vous avez la conduite flottante... Un peu à droite, un peu à gauche. L'homme contrôle les documents tandis que ses deux collègues demeurent postés sur le trottoir voisin.

Son téléphone vibre sur le siège passager. Le policier braque une lampe torche sur son visage. Vous avez consommé de l'alcool ? Des substances illicites ? Simon doit avoir l'air encore plus éberlué. Tel un lapin dans le faisceau des phares. Il bégaie qu'il ne boit que de l'eau. De l'eau ? Avec quoi dedans ? Si vous pouviez voir vos yeux... L'homme se redresse. Pamela, tu peux m'apporter les kits s'il te plaît ?

Soufflez plus fort, s'il vous plaît. Pourquoi vous tremblez ? Bon, maintenant, faites tourner votre salive dans votre bouche plusieurs fois. Encore. Maintenant, tendez votre langue, monsieur. Encore plus. Voilà. Comme ça. Le gyrophare bleu l'éblouit et il cligne des yeux. Détendez-vous, c'est presque fini.

Le délaissant, les trois policiers se sont rapprochés de leur véhicule. On dirait qu'à la lueur du plafonnier, ils tiennent un conciliabule. Le chef, visiblement sceptique, présente les tests à ses deux collègues. Pamela se penche et se met à rire. Bref échange avant que le troisième policier ne se dirige vers Simon. C'est bon pour cette fois. Mais un conseil... Si vous êtes si émotif, faut consulter un médecin ou un psy. Pensez aux autres sur la route.

Simon se gare devant le portail du cimetière. Durant quelques instants, il hésite à prendre connaissance des messages reçus sur son portable.

Francesca : Vous êtes chez vous ? Répondez moi svp.

Daphné : J'espère que vous êtes bien rentré. Donnez de vos nouvelles svp.

Francesca : Ça va ?

Francesca : ???

Simon ne répond qu'à Daphné. Oui, je suis bien rentré. Je vais dormir. Bonne nuit à vous.

Il sait qu'il ne parviendra pas à pénétrer dans le cimetière. Le jour où un factotum l'avait retrouvé endormi sur la tombe, il s'était probablement introduit dans l'enceinte avant sa fermeture. Cela ne l'empêche pas de longer le haut mur qui clôt la cité des morts. Il a besoin d'être tout près des siens. S'il pouvait s'allonger de nouveau sur le marbre, peut-être qu'avec le froid, il s'endormirait pour de bon.

Dieu n'existe pas. Et le diable ? Il oblique sur le boulevard des États-Unis, puis emprunte une autre rue, déserte et sombre. Il s'entête encore un moment le long de cette muraille. Se fatiguer encore davantage. Histoire de purger sa conscience. Il peut se l'avouer, désormais. Pas question de se faire bouffer par la famille Houser. De jouer au mari ou au papa de substitution. Il a failli se faire avoir. Se laisser enduire de miel comme une pâtisserie orientale. Trahir les siens.

Il peut se dire clairement les choses. Même si son dessein est monstrueux. Allez ! Il a juste besoin de le mettre en mots et en images. Cette famille, il va la faire voler en éclats. C'est sa mission. S'il faut coucher avec la mère ou faire risette à la fille, fournir le fils en shit et le père en alcool, il le fera. Il sera ce missile de haine qui s'abat sur la maison des Houser. Boum ! Plus de famille. Comme les avions aveugles que tu as projetés l'un contre l'autre, salaud.

C'est la soif et ce goût pâteux dans la bouche qui finissent par le tirer du sommeil. Il est allongé sur le tapis, enroulé nu dans ce qui lui semble être une serviette de bain. Dehors, une drôle de pâleur. Simon tente de se dégager de ce semblant de couverture. Mais l'effort ne dure pas. Il s'abandonne et referme les yeux.

Ça revient dans la brume. Comment a-t-il pu oublier de passer à la pharmacie ? D'ordinaire, dès que son stock de médocs commence à décliner, il s'y prend plusieurs jours à l'avance. L'angoisse l'a aussitôt. Il a fouillé en vain la petite pharmacie de la salle de bain et s'est même introduit dans leur chambre. Dans le tiroir de la table de chevet de Beate, il n'est tombé que sur un tube de granules homéopathiques dont il a absorbé sans conviction la moitié. Pénétrer dans cette pièce n'a fait qu'accentuer son anxiété et il est retourné s'allonger sur le canapé du salon. Exercices de respiration comme à l'hôpital. Il s'est peu à peu apaisé, mais pour dormir, c'est une autre affaire.

Il s'extirpe de sa serviette et manque tomber en se relevant. Simon ne se souvient pas d'avoir éprouvé un jour une telle sensation. Il se reprend. Se tient enfin debout, arrimé à une chaise. Attend d'être sûr de son équilibre. Direction la cuisine, où il avale lentement un grand verre d'eau. Sur la table, alignée comme une petite armée chimique, les divers produits qu'il a fini par se décider à acheter à la Pharmacie lyonnaise, ouverte toute la nuit. Mais à quelle heure ? Ce qu'il sait en tout cas, c'est qu'il a surdosé sa prise d'anxiolytiques, et pas qu'un peu.

Mais avant cette sortie impérative, il a dû s'agiter comme un drogué en manque. Stupéfait, il s'aperçoit d'abord qu'il a composé une fois le numéro de Beate. Pour appeler au secours ? Celui de Dmytryk aussi, visiblement sans succès. Et l'icône des messages en affiche trois non lus. De Francesca. Vous êtes là ? Hello ! Vous dormez ? Surgissent d'un coup ces textos qu'il a échangés avec elle durant la nuit. Avec le recul, il peut désormais mesurer le mélange de subtilité et de maladresse dont a fait preuve l'adolescente. Cette dernière a joué à la psy, à la confidente, à l'adulte. Elle a osé des questions, Simon en a esquivé quelques-unes. Elle a parfois insisté et ça le fait désormais sourire. Mais l'une de ses questions, somme toute banale, l'a perturbé plus qu'elle n'aurait dû. C'est du moins ce qu'il pense maintenant.

Vous avez toujours voulu être architecte ? Il y a longtemps qu'il n'avait pas songé à son cursus professionnel et aux années qui avaient succédé. De projet en projet, Simon avait fini par ne répondre qu'aux commandes les plus faciles et les plus juteuses financièrement. Le reste de sa vie le contentait. Beate, Petra, Max. C'est tout.

Mais c'est vrai qu'il avait nourri plus jeune une vraie passion pour la photographie dont, lui avait-on dit, il aurait pu faire son métier. Des centaines de planches contacts dormaient dans des tiroirs. Beate avait été plus curieuse que lui pour Hölderlin. Elle l'avait même incité à ressortir son Leica. Ce qu'il n'avait fait qu'une seule fois. Pour immortaliser sa petite famille lors d'un séjour à la montagne. La bobine était encore dans l'appareil.

Peu à peu, Francesca a pris de l'assurance, c'en est devenu agaçant. Tu préfères mon parfum ou celui de ma mère ? Il a botté en touche avec des points d'interrogation. Les futilités se sont accumulées, les textos espacés. Simon se souvient qu'il avait coupé net, sans la moindre explication. Ni bonne nuit ni rien. Il avait davantage besoin de ses médicaments que de la seule personne qui pouvait lui parler à cette heure.

Depuis que la lumière s'est répandue dans le salon, quelque chose lui paraît insolite. Et ce silence. Il finit par s'approcher de la baie vitrée. Arbres, pont, trottoirs, rues, tout est blanc. Seul le fleuve semble animé dans ce décor enneigé.

Vibration. Francesca. Tu as vu dehors ? Simon est à deux doigts de lancer son téléphone contre un mur. Il préfère s'en éloigner, comme d'un objet maléfique. Son nombril le démange encore. Il passe à la salle de bain et à l'aide d'un ciseau à ongles, triture la zone infectée jusqu'à arracher la pustule violacée. Ça saigne mais ça ne démange plus. S'il y a du pus, c'est dans sa tête, et cet abcès-là, il va le crever très vite. Il le sait.

Il se remet à neiger alors qu'il approche du pont de l'Université. Simon s'est équipé en conséquence et s'est même coiffé de son unique casquette, celle des Spurs de San Antonio, souvenir d'un bref stage américain presque oublié. Les passants sont rares, et les trottoirs ne sont pour la plupart pas encore dégagés. Progresser dans cette matière épaisse et molle n'est pas simple. Mais il n'y a pas urgence.

Il lui faudra au moins deux heures pour arriver là-bas. Simon a besoin de ce temps pour réfléchir. Passé son réveil vaseux, il s'est retrouvé dans un état si neutre qu'il se sent aussi désarmé qu'incertain. Marcher va le remettre d'aplomb, c'est ce qu'il espère. Il lui faut penser intensément aux siens, écarter cette autre famille, celle qu'il s'est promis de détruire. Que faire hélas à part retourner chez l'ennemi ? Savoir patienter comme un vautour.

Ce devait être pour ça qu'il avait répondu au premier appel de Daphné. Son invitation réglait le problème. Était-ce judicieux de lui avoir dit qu'il viendrait à pied ? Vous êtes fou ! On peut venir vous chercher, si vous ne vous sentez pas en forme pour conduire. L'envie de marcher, la neige... Simon avait coupé court.

Il croyait qu'il allait profiter de la neige, disons impunément. Que le blanc et le froid le rendraient encore plus indifférent à sa situation. Comme un passant incolore, voire invisible aux autres et à lui-même. La ville serait une autre ville, il y marcherait comme dans une autre existence où, sur la neige, il n'y aurait aucune trace de quiconque.

Marcher dans la ville blanche, c'est aussi ouvrir le robinet des souvenirs et voir surgir à gros bouillons des images et des sons. Max et Petra encapuchonnés ou coiffés de grands bonnets, leurs rires, leurs cris, leur joie. Leur mère redevenue elle-même une enfant qui se roule dans la neige. La bande sonore semble résonner dans sa boite crânienne. Pendant quelques instants, il se sent plongé dans un présent éternel.

Soudain, parmi les quelques véhicules qui remontent le quai, un klaxon sans fin et un bras qui s'agite dans sa direction. Simon prête à peine attention à cet inconnu, d'autant que lui-même manque déraper sur une plaque de verglas. Mais il lui semble qu'ils sont deux dans cette voiture et que la silhouette du passager ne lui est pas étrangère.

Un bloc de rues plus tard, une petite Peugeot grise obstrue le passage piéton. On dirait que la voiture s'est échouée sur le trottoir blanc. Campés sur le capot, l'inconnu et celui que Simon reconnaît aussitôt picorent dans un paquet de chips. Ils se marrent à son approche. Milo lui lance un petit salut. On a une mission !

Simon se retrouve à l'arrière, où, malgré les vitres ouvertes, une odeur de shit imprègne l'habitacle. Finalement, il est soulagé. Ses chaussures et le bas de son jean sont glacés. Il se passe quelques minutes sans paroles. Ou de courts échanges entre les deux adolescents, comme s'ils cherchaient une adresse. La banquette arrière est parsemée d'éclats de verre.

Le chauffeur, c'est Mathieu, enfin son nom de pote, c'est Matos. Ma mère m'a dit que vous alliez venir chez nous mais à pied ! Sérieux ? Simon acquiesce. Milo se tourne vers son pote : Il allait venir à pied ! L'autre secoue la tête dans le rétroviseur, l'air d'avoir embarqué un martien.

On a juste une petite course à faire. Milo lui tend le joint qu'il vient d'allumer et, à sa surprise, Simon s'en saisit presque naturellement. Les deux à l'avant échangent un bref regard. Il aspire une première fois, doucement, avale la fumée comme s'il l'avait déjà fait, n'en revient pas de sa prouesse. Et à la deuxième bouffée, l'effet se produit. Détente, douceur, légèreté. Il aspire une dernière fois, trop vite, trop fort, et ça ne manque pas, il est secoué par une formidable quinte de toux. Et ça ne manque pas, les deux autres sont morts de rire.

J'ai froid, on peut remonter les vitres. Nouvel éclat de rire. Y'a plus de vitres, patron, lui répond Matos, que de l'air et de la vitre en miettes. La Peugeot roule au pas dans la rue Paul-Bert, noire d'hommes en djellaba. De la musique orientale s'échappe d'un peu partout. La queue s'allonge devant une boucherie. Un vieil homme nettoie le palier de son épicerie. Matos stoppe devant une boutique de robes de mariées et interpelle quelqu'un à l'intérieur. Ça klaxonne aussitôt derrière.

Deux, trois mots échangés avec une ombre et les voilà repartis. Les deux acolytes se lancent des bouts de phrases que Simon ne saisit pas. On tourne dans une ruelle, Milo tire d'une poche son portable qui pulse du rap. Ouais, ouais... OK. T'inquiète. OK. *No problem*, frère. Il se tourne vers Matos. C'est Mounir, gare-toi, il est pas loin.

L'attente se prolonge. Simon émerge peu à peu de sa torpeur. Toujours ce froid. Matos tapote le volant et soupire ou renifle. Il finit par extirper son téléphone. Putain... Il s'y reprend à plusieurs fois avant que ça réponde. T'es où ? Son interlocuteur semble temporiser. On l'entend tousser. Mais t'es où ? Ça raccroche.

◆

Il y a longtemps que Simon a perdu tout sens de l'humour, mais il y aurait de quoi sourire. Sa petite famille le regarde-t-elle d'un coin du ciel ? Il n'était jamais entré dans un bar à chicha, c'est fait. Fruit de la passion, mangue, melon, menthe, pastèque... Il a choisi banane comme parfum. Matos est parti à la recherche de Mounir. Milo le rassure. Tranquille... On est bien, là... Et il lui lance un clin d'œil. On sera encore mieux tout à l'heure.

La question vient à Simon comme une évidence. Tu fais du skate ? Comment vous le savez ? Il y a une planche qui pourrit devant votre maison. Ah ouais... Exact. Une Baker, en plus. Ouais... J'en fais plus trop, en ce moment. Pourquoi ? Vous en faites ? Enfin, vous en avez fait ? Simon acquiesce. Vous étiez plutôt park ou streeteux ? Plutôt street. Se balader en rêvassant ou en écoutant de la zique. Les figures, ça n'a jamais été mon truc. Et toi ? Milo a l'air ébahi, comme sous le coup d'une révélation. Cela se lit sur son visage lumineux.

Autour, ça parle arabe, ça rigole. Des regards glissent parfois sur eux. Simon tète l'embout de son narguilé. La fumée le remplit de vide et lui donne la sensation de flotter. Après la voiture frigo, il commence à se réchauffer. De temps en temps, l'adolescent lui adresse des sourires. Quelque chose comme de la complicité entre skateurs, mais pas seulement. Peut-être que l'apparent détachement de Simon force le respect. Peut-être qu'il a l'air de ne rien juger, ce qui est vrai aussi. Sauf que Milo a oublié ce qui lui est arrivé.

◆

Matos fait la gueule, c'est clair. Les deux compères de Simon ont parlementé au moins dix minutes avant de le rejoindre dans la Peugeot glacée. Milo allume un joint avant de se retourner. Vous avez pas du cash sur vous ? Simon tâte sa poche arrière. Oui, il a encore quelques billets. Cool... Vous allez voir, vous regretterez pas.

Les trois taffes qu'il a tirées et les bouffées de narguilé l'ont anesthésié et, malgré l'air trop vif, il s'abandonne au décor qui défile. Des flocons tournicotent une seconde dans l'habitacle avant de se dissoudre. Il songe à cet autre matin de neige à Albstadt, à la serveuse qui dansait seule derrière le bar. *White, all is white.* On traverse le Rhône, gris comme le ciel et le bitume délavé. Brusquement, le long de la berge, on s'engouffre dans une zone de chantier. La voiture ondule sur de la neige encore vierge puis, quelques centaines de mètres plus loin, s'immobilise entre les piles d'un pont.

Le chauffeur coupe le contact, demeure aussi silencieux que son voisin, avant que tous deux n'explosent une nouvelle fois de rire. Puis Milo extrait de son blouson une paille et un éclat de miroir vaguement rectangulaire qu'il tend à son acolyte. Tranquille, insiste-t-il encore. Matos plonge à son tour la main dans la poche de son survêtement et en sort un sachet dont il saupoudre le contenu sur la plaquette de glace pour former une ligne blanche. À vous l'honneur, lance-t-il à Simon.

Simon rend à Milo le miroir et la paille. L'effet est déjà là. Quelque chose qu'il n'a jamais connu. Cela descend dans sa gorge et cela monte dans son cerveau. Un bien-être intense. Il bascule la tête en arrière, renifle encore ce qu'il a déjà sniffé et savoure cet instant arrêté. Incroyable.

Le mobile de Simon vibre et revibre. Et cette fois, il répond à Daphné, Francesca, Manfred. Il parle comme il n'a peut-être jamais parlé de sa vie. Il parle fort, lui semble-t-il. On le ressert en poudre. Ses compères ne se privent pas non plus. Ils chuchotent quand il parle au téléphone. Tout ça ne tient pas debout, il en a conscience, mais rien n'est grave. Tranquille, comme susurre Milo.

Son cerveau semble s'être mis en mode ralenti. Simon savoure cette scène aussi absurde qu'idéale. Milo et lui juchés sur le montant de leur portière tandis que Matos joue à faire déraper la petite Peugeot sur la neige du chantier. Parfois, il serre le frein à main et la voiture tourne sur elle-même comme une toupie. Milo brandit d'une main son portable, musique à fond, du rap sans doute. Parfois il crie Travis, un prénom comme ça, et il éclate de rire et Simon aussi. Les flocons se font plus épais, le Rhône aussi blanchit.

Y'a un concours de mannequins ou quoi ? Milo est presque en arrêt devant sa sœur et sa mère. Simon est encore trop flottant pour s'adresser la même remarque mais, oui, il y a des vêtements, du maquillage. Les filles se sont fait une beauté. Pour lui ? Un rictus en guise de bonjour, il ne peut guère en faire plus. Mais ça va revenir, ça revient. Même s'il s'en fout.

Oui mais. Il se dit quand même qu'il n'a pas envie de passer pour un ivrogne. C'est ce dont il s'aperçoit quand il a le net réflexe de refuser un apéritif. Simon sent bien que Daphné et Francesca ont décelé comme une anomalie dans son attitude. Il doit avoir des yeux aussi luisants que Milo. Lequel a lui repris un spritz, comme son père, comme soudain détendu à l'idée que l'alcool ne soit provisoirement plus tabou.

Personne ne les a vu arriver dans la Peugeot déglinguée de Matos. C'est Mathieu qui nous a ramenés. Ah Mathieu. Qu'est-ce qu'il devient, ce garçon ? Oh il est au chômage, il cherche du boulot. Tu vois, Milo, quand on n'a pas son bac... T'inquiète, maman. Pfff... Y'a des racailles parmi ses potes, maman, je te l'ai déjà dit combien de fois ? Milo se tourne vers sa sœur, pince trois doigts histoire de lui clouer le bec.

Houser tente de lui servir en douce un verre de vin rouge. Simon stoppe son geste et lui jette un regard glacé. C'est vrai qu'au point où il en est de ses expériences, il aurait pu tester. Mais ça ne lui semble pas plus tentant que lorsqu'il en avait bu, une fois, adolescent. Juste pour se donner le courage de parler à une fille lors d'un banquet de mariage. Il ne se souvient plus de son visage, seulement de l'effet qu'elle avait produit sur lui. Il s'était senti rougir comme une tomate devant elle et puis bafouiller. Plus jamais il n'avait bu un verre d'alcool.

Et si on allait au parc de la Tête d'Or ? Marcher dans la neige ? Daphné commence par guetter la réaction de Simon. Il fait comme s'il n'hésitait pas. Pourquoi pas ? Les enfants rechignent un peu, surtout Milo. Je dois voir des potes. Ça se joue en deux, trois regards. Il a un visage tendre, ce garçon, se dit Simon. Bon, OK, mais pas des heures, hein. Je vais me changer, ponctue Francesca. Et toi, Gian ? Ce dernier soupire et secoue la tête d'un air piteusement désolé.

◆

Il va boire pendant notre absence, et puis s'endormir sur le canapé, confie-t-elle à Simon. Daphné marche à ses côtés. Ils avancent comme une famille, Francesca et Milo les précédant parfois d'un petit mètre, histoire de capter leur conversation ou de marquer leur présence. Tu vas abîmer tes bottes, maman.

Il se fait un silence. Rien que leurs chaussures qui dament le sol. Simon repense à ce matin, l'incroyable dérive avec ces deux garçons qui pourraient être ses fils. Et là, il est au parc de la Tête d'Or, tel cette fois le conjoint d'une épouse du sixième arrondissement. Comme ces gens qu'ils croisent. Ces couples, ces familles si élégamment vêtues.

◆

Le ciel s'ouvre. Un rayon de soleil s'est posé sur le lac gelé. Les allées principales sont en partie dégagées et la neige se dissout déjà par endroits. Simon marche comme s'il n'était jamais venu ici. Il marche à découvert et le moindre détail peut lui sauter au visage.

Beate n'était pas là, le jour où il avait déjeuné avec les enfants à la Buvette des cygnes. Un jour d'été, un de ces jours sans nuage où l'air est léger et la température idéale. Max et Petra avaient passé plus de temps à nourrir les canards avec des boulettes de pain qu'à manger leurs saucisse-frites. Rarement Simon avait-il su savourer ainsi ce genre de petits bonheurs.

À tel point que, quelques jours plus tard, il avait voulu reproduire ce moment magique, avec Beate cette fois. Même ciel, même lumière. Mêmes canards, sans doute. Après le repas, Simon avait suggéré une promenade en barque sur le lac. Les enfants étaient fous d'excitation. Sauf qu'au milieu du plan d'eau, Petra avait commencé à trembler, le regard comme perdu. Au risque de faire chavirer l'embarcation, elle s'était jetée dans les bras de son père. J'ai peur ! Il se souvient avec quelle force elle s'était collée à lui. On va tous mourir, avait-elle crié.

◆

Où sont les crocodiles ? Ils sont morts ? s'étonne Simon devant le petit bâtiment délabré. Non, ils ont été déplacés, à Agadir je crois, lui répond Daphné. Dans son élan, elle le frôle et le fait tressaillir. Pardon... Il ne peut s'empêcher de lui sourire et, pour la première fois, leurs regards s'attardent un peu plus qu'ils ne devraient. Elle rougit, et sans doute lui aussi.

C'est quoi cette émotion ? Ça vient d'où ? Tu trouves cette femme belle ? Tu es sensible à son teint de rousse ? Ses yeux verts ? La délicatesse de sa démarche ? Quoi encore ? Avant, tout était si simple. Aussi simple que le cristal d'un verre d'eau. Il va falloir te saouler, mon vieux, devenir mauvais, imprévisible, dangereux.

Si on mangeait une crêpe, maman ? Francesca est revenue à sa hauteur. À moins que vous préfériez une barbe à papa ? Elle rit, mais on ne sait pas trop de quoi. Ils finissent par trouver un banc au soleil pour savourer leurs sucreries. Milo sort son portable et lance sa musique. Moins fort... ! C'est bon, sœurette... Respecte le grand Travis... Déjà que... Ne recommence pas, chéri...

Après avoir lâché sa crêpe à ses pieds, Milo se lève et déguerpit. T'inquiète, maman, on va le retrouver à la sortie. Tu veux que j'explique à Simon ? Et sans attendre, Francesca explique : Il y a un concert de Travis... Travis Scott... Vous connaissez ? Non ? Le plus grand des rappeurs quoi... Sa voix vibre d'émotion. C'est mercredi prochain à Turin, c'est pas si loin, Turin...

Sauf que je suis indisponible à cette date, enchaîne la mère. D'abord, je travaille, ensuite je suis présidente du tennis club et ce mercredi-là, il y a assemblée générale. Et je ne veux surtout pas les laisser partir à Turin avec n'importe qui. Voilà, vous savez tout.

Simon sait pas qu'on a les billets depuis pfff... des mois. On a trois putains de billets pour ce putain de concert. Parle autrement, Francesca, tu sais bien que nous ne vivons pas une situation normale en ce moment. C'est bon, c'est bon, j'ai rien dit. On va voir les panthères ?

◆

Ils s'en retournent à la voiture, côté boulevard des Belges. La neige se désagrège et ils esquivent les flaques grisâtres. Simon raconte qu'il a fait du tennis, plus jeune. Il aimait bien. Moi aussi, j'aimais bien, déplore Francesca, comme si elle avait son âge. Alors pourquoi tu as arrêté de jouer ? s'étonne vivement sa mère. Milo aussi a arrêté... Mes deux enfants étaient doués, en plus. Arrête maman, s'te plaît.

Milo surgit de nulle part et tous les quatre s'engouffrent dans la voiture comme si de rien n'était. La sœur : T'as fumé, non ? Le frère : Et alors ? Maman, il a fumé... Et pas des cigarettes. Daphné se contente de secouer la tête. Simon sent qu'elle ne veut pas le troubler et surtout qu'elle n'a pas envie de le voir les quitter.

Dehors, la lumière décline vite et la neige achève de fondre le long des quais. Dans son dos, Francesca s'agite et soupire, propageant une sorte d'électricité dans l'habitacle. Elle finit par se tasser dans son siège, laisse filer un brin de silence et se lâche. Maman, Simon, c'est pas n'importe qui ? Bien sûr que non, chérie, mais... Alors je peux lui poser la question : Simon, tu pourrais pas nous emmener à Turin, toi ?

S'ensuit une lourde seconde. Mais enfin, Francesca, qu'est-ce que tu racontes ? s'irrite Daphné. Ce serait trop cool, glisse Milo. Dire que Simon est pris au dépourvu serait faux. Il ne s'attend à rien, il ne décide de rien, c'est fou quand même. Aussi n'a-t-il aucun mal à pivoter sur son siège et à esquisser un sourire en direction des deux adolescents. Pourquoi pas ?

À peine la voiture des Houser le dépose-t-elle devant chez lui qu'il s'empresse de sauter dans la sienne. Simon ne parvient pas à les rattraper dans le flot de la circulation qui sature les quais. Il éprouverait une certaine excitation à les suivre secrètement, deviner leurs têtes dans la lueur des phares. Mais il arrive rue Florence-Steurer au moment où les enfants entrent dans la maison et où Daphné referme le garage. Il se gare à une centaine de mètres, le long d'une rangée de thuyas qui l'immerge dans la pénombre.

Il patiente un long moment avant de sortir de son propre véhicule. Peut-être qu'il se sent comme un personnage de film animé par une mission. Fracturer une porte, entrer à pas de loup, agir. Son rôle n'est hélas pas écrit par un scénariste. Seul un instinct flou le pousse vers on ne sait quoi.

Malgré le froid, il commence par marcher dans le quartier. De maison en maison, de fenêtres éclairées en lampadaires, il finit par entendre ses propres pas ou de vagues échos d'une vie invisible. Comme les autres, les Houser doivent dîner ou s'apprêter à le faire. Ils parleront de lui, ils évoqueront Turin. Seule Daphné décidera, et à son sens, elle l'avait déjà fait. Mais lui, qu'avait-il décidé ?

Après avoir tourné plus d'une demi-heure dans le quartier, Simon revient à son point de départ, toujours aussi indécis. N'empêche qu'il pousse le portail des Houser. Une lampe de détection se déclenche aussitôt, le figeant dans une flaque de lumière. Mais rien ne se produit. Et, autre miracle, le skate Baker ne gît plus sur la pelouse.

Le plan de la maison en tête, Simon se coule le long de la façade latérale jusqu'à hauteur d'une fenêtre du living. Ce qu'il voit ressemble à ce qu'il a imaginé. De dos, Daphné et Gian devant la télé, séparés par la distance d'un couple qui ne fait que coexister. Lui avachi, peut-être en peignoir, couronne de cheveux hirsutes. Pas sûr qu'il a les yeux braqués sur l'écran.

Daphné semble penchée sur son portable. Parfois, comme par réflexe, l'une de ses mains ramène à elle sa queue de cheval. Puis elle se lève et quitte son champ visuel. Elle porte toujours les mêmes vêtements de l'après-midi et a juste troqué ses bottes acajou contre ce qui ressemble à des mules d'intérieur. Elle réapparaît avec un mug fumant à la main, jetant un bref regard à son lointain voisin. Pourquoi est-elle encore à ses côtés ? Par pitié ?

Seule la présentatrice du JT semble regarder Simon. Il se dirige vers le jardin, apparemment plongé dans l'obscurité. La clarté des fenêtres arrière rende certaines zones plus distinctes. Ainsi évite-t-il la piscine pour se diriger vers le fond de la propriété, lequel semble inatteignable. Plus il avance, plus la végétation devient dense et sa progression difficile. Une vraie petite jungle. À tel point que, griffé au visage par une plante, Simon finit par rebrousser chemin et se trouver un poste d'observation derrière ce qui doit être un bananier.

Les baies vitrées du rez-de-chaussée n'offrent pour l'instant aucune vue sur l'intérieur. Peut-être qu'à un moment, Houser viendra s'écrouler dans son fauteuil fétiche. À moins qu'au départ de Daphné, il s'allonge sur son lit de fortune. Au premier étage, les chambres des enfants sont éclairées.

Francesca ne cesse de s'y déplacer et Simon comprend rapidement qu'elle essaye des vêtements devant son miroir. De la fenêtre entrebâillée de Milo s'échappe de la musique, et bientôt de la fumée.

Quelle drôle de maison de poupées quand on en connaît les figurines. Son téléphone vibre à plusieurs reprises dans sa poche. Possible qu'un texto n'ait fait que traverser le jardin. Milo apparaît à sa fenêtre qu'il a à présent largement ouverte en dépit du froid. À quoi songe-t-il en tirant sur son joint, dont les effluves parviennent jusqu'à Simon ? Max, son propre fils, aurait-il également fumé des pétards en rêvant dans la nuit ? Tous les enfants ont une vie secrète et on l'oublie toujours. Toujours.

◆

Quand l'interphone grésille dans le vestibule, Simon est en train d'examiner l'égratignure sur son visage. Il se meut jusqu'à l'appareil et croit presser sur la touche visio. Merde ! Crépitements d'où une voix de stentor surgit. Bonjour ! Jérôme Grattard, avocat, représentant des victimes du crash du vol... Vous m'entendez ?

L'homme insiste à plusieurs reprises. Simon retourne à la salle de bain. La plante ne l'a pas raté. L'écorchure est plus profonde qu'il ne l'imaginait. Après l'avoir désinfectée, il applique un petit pansement. Il est déjà allongé sur son canapé quand son téléphone se met à vibrer. Un numéro inconnu s'affiche, et bientôt l'icône message. Désolé d'insister, j'aurais souhaité vous remettre en main propre un important document... Vous pouvez me joindre au...

Simon regarde l'heure. Déjà dix heures du matin. Séquelles d'un nouveau surdosage anxiolytique. Métabolisme déglingué.

Passé quelques minutes de vide, il active de nouveau l'écran de son portable. Il remonte la liste des appels. Sa belle-famille s'inquiète. Va-t-il bientôt reprendre le travail ? Quand se verra-t-on ? Daphné, elle, s'est excusée à plusieurs reprises en de longs paragraphes sur les enfants et leur père. Ne vous sentez pas pris au piège, pour Turin. Vous connaissez Francesca.

Oui, il commence à la connaître. Elle aussi en avait ajouté une couche. Tu aimes quoi, comme musique ? Écoute ça. Travis Scott. Suivi peu après d'un petit audio, d'une voix presque chevrotante. Tu sais, je pense souvent à ta vie, ce que tu as souffert, tout ça. J'aimerais t'aider, mais tellement...

Et Milo... L'adolescent avait insisté pour venir chez lui, prétendant avoir « de quoi s'amuser ». C'était en pleine nuit, au moins vers les trois ou quatre heures, ça lui revient. Un peu plus tard, l'interphone avait résonné. Simon avait pu découvrir sur l'écran trois ou quatre garçons rigolards. Dire qu'il avait failli leur ouvrir.

Il a du mal à établir un rapport entre les enfants prêts à une gentille promenade au parc de la Tête d'Or et ces ados dessalés qui vivaient secrètement la nuit. Quand se sont-ils ainsi dédoublés ? Lorsque Houser avait, selon l'expression de Milo, pété une durite ? Ou avant ?

Daphné paraissait assurer une forme d'équilibre dans la vie familiale, c'est sûr, mais se doutait-elle des frasques de ses rejetons ? Fermait-elle les yeux par lassitude ? Sous ses airs de femme solide exerçant un métier exigeant et impliquée dans un club sportif, son regard laissait filtrer par instants une espèce de mélancolie.

Beate aussi exhalait parfois une sorte de vague à l'âme. C'était apparu peu à peu, sans que d'ailleurs cela ne perturbe en rien la nature de leur relation. Par pudeur ou peut-être par légèreté, il ne lui en avait jamais parlé. Ne révélait-elle pas sa vraie nature, celle de la jeune fille qui chérissait depuis toujours les œuvres poétiques de Hölderlin ?

Et pourtant. Il se souvient des premières années avec Beate. Elle avait une telle soif de vie qu'elle semblait toujours en quête de nouveauté. Elle en était malicieuse. Ça lui revient. C'est elle qui avait inventé ce jeu : chercher un lieu qui n'existait pas. Jusqu'à interroger les passants pour leur demander où était la rue de l'Imprudence ou la demeure du Comte de Monte-Cristo. Étonnamment, ils n'avaient jamais évoqué ce jeu devant les enfants.

L'appartement est envahi par les vêtements qu'il a étendus un peu partout. Comment a-t-il trouvé l'énergie cette nuit de faire des lessives ? Il est vrai qu'il avait épuisé son stock d'affaires propres depuis déjà plusieurs jours. Ce qui ne l'avait jusqu'alors pas dérangé. D'où lui vient ce regain de dignité ?

◆

Il neigeote une partie du dimanche, mouillant les trottoirs et voilant à peine le décor. Aussi s'évertue-t-il à repérer les jeunes couples de promeneurs qui passent au pied de son immeuble. À cette distance, il a du mal à voir s'ils sourient. Parfois, leur démarche varie et il leur arrive même de s'immobiliser. Que feront-ils en rentrant chez eux ? L'amour ? Ils doivent nourrir des projets, de voyages ou d'enfants. Mais peut-être qu'ils mourront dans un accident.

Dire qu'après la visite clandestine chez les Houser, il avait pris l'autoroute de Genève, direction la forêt du crash. Il avait fait halte sur une aire de repos. Bu un café en suivant des yeux les derniers clients de la nuit. Des camionneurs pour la plupart. C'était l'heure où le monde n'existait plus vraiment. Un entre-deux. Et il s'était brusquement senti victime d'une autre forme de vertige. Se risquer dans la forêt lui avait paru terrifiant. Même pour y chercher les âmes des siens.

Simon repasse une chemise, boit un verre d'eau et se fait réchauffer un plat surgelé. Il s'est souvenu du nom du rappeur Travis Scott et, à son grand étonnement, il l'a laissé en fond sonore une grande partie de la journée. La voix, le tempo et les paroles qu'il ne comprend pas, le tout produit une électricité qui, se plaît-il à imaginer, lui fait l'effet d'une transfusion. Il se demande si quelque chose n'est pas en train de muter en lui.

Les vibrations se font de nouveau entendre par intermittence. Photo de Francesca qui lui tire la langue. Il neige et c'est bon ! signé Milo. Une brève vidéo expédiée par Dmytryk : une fille d'origine asiatique s'approche de l'objectif et y colle ses lèvres. Noir total, comme si elle avait avalé l'appareil. On entend juste le boum boum d'une boîte de nuit. L'image revient, plutôt des couleurs, et la voix éraillée de son ami : je t'aime Simon !

Un peu plus tard, son père envoie également un vocal précédé d'une photo de plage. On pense bien à toi... on t'attend... on t'embrasse. Le tout marmonné sans grande conviction, parasité par le souffle du vent et celui de la mer. Et ce *on* qui l'agace au plus haut point.

Enfin, ce message de Daphné : Ça vous dirait une partie de tennis un de ces jours ?

Passé l'excitation de la première heure et la monotonie de l'autoroute, ses deux passagers se sont assoupis. Ils n'ont pas dû dormir beaucoup, cette nuit. Quand il avait récupéré

Francesca et Milo, en début d'après-midi, Daphné était au travail. Houser était sorti sur le perron et lui avait adressé un petit signe de loin. En sortant de la maison, ses enfants l'avaient presque bousculé avec leurs sacs. Il n'avait pas attendu leur départ pour disparaître.

Son pansement sur la pommette avait intrigué. Tu t'es battu ? Oui, si l'on veut, avec moi-même... Devant l'incompréhension des ados, Simon avait prétexté un maladroit coup de rasoir. Lui était revenue cette étrange incursion dans le jardin. Était-il si vaste que les Houser avaient renoncé à en assurer l'entretien ? Ou bien la végétation avait-elle très vite repris le dessus depuis que plus personne ne s'en souciait ?

Il en serait ainsi pour les forêts où s'étaient écrasés les deux avions. Une fois qu'on aurait ôté leur carcasse et collecté leurs débris, l'herbe repousserait sur la terre lacérée. Les arbres décapités ou brûlés seraient bientôt remplacés par d'autres. Parfois, des cueilleurs de champignons feraient des découvertes insolites : des lunettes de soleil, un passeport moisi ou une peluche méconnaissable.

La traversée de la vallée de la Tarentaise lui paraît interminable. Peut-être aussi parce que les mêmes questions tournent dans sa tête comme dans un manège forain. Que fait-il dans cette voiture avec ces deux gosses ? À quoi rime ce raid sur Turin ? Ne fait-il que s'accorder des répits ? Un sursis à sa propre existence. Chaque matin n'est finalement que le début d'un autre jour. Dire que la seule chose qu'il attend, c'est de passer la frontière.

Son portable vient de vibrer. Daphné. Bonne route ! Il s'escrime à pianoter d'une main : Merci ! Franchement, est-il obligé de lui répondre ? À se demander comment il a pu passer presque une heure au téléphone avec elle hier soir. À tenir une conversation qu'on aurait pu qualifier de normale, courtoise, voire agréable. Ce genre de mots. Il s'était laissé aller, ils avaient parlé du concert à Turin, puis d'un peu tout. Une discussion qu'on tiendrait avec un proche, des détails qui fusent, des presque riens et de courts silences qui ne gênaient même pas. Alors ce tennis, ça vous dit ? Cette insistance le désarmait. Mais plus que cela : une part de lui-même agissait à son insu. Son plan de dézinguer cette famille semblait s'éloigner progressivement.

◆

Francesca est la première à se réveiller, peu après le passage du tunnel du Fréjus. Elle s'étire, croise ses yeux dans le rétroviseur, lui sourit puis laisse flotter son regard sur l'extérieur. On est en Italie ? Waouh ! Première fois ! Simon s'étonne. Vous n'avez pas de famille, ici ? On en a eu, mais bon, il paraît que tout le monde s'est engueulé. C'était y'a longtemps. On n'était même pas nés... Et ma mère, née sous X ça s'appelle, elle sait même pas d'où elle vient. On a personne. En plus, avec l'affaire de mon père. Enfin, l'affaire... Le prends pas mal. Et comme si l'enchaînement lui paraissait naturel, elle a cette question : Tu y crois, toi, à la réincarnation ?

À l'arrière, la casquette des Lakers de Milo commence à remuer. Simon s'engage sur la première aire d'autoroute. Station Agip, Autogrill... C'était quand, la dernière fois ? Une nappe de brouillard se propage sur sa mémoire. La mort des siens et le séjour à l'hôpital ont faussé ses repères. Il y a juste l'avant et l'après. Et souhaite-t-il vraiment fixer ses souvenirs ? À quoi bon ?

Après avoir pris de l'essence, Simon va boire un expresso. Seule Francesca l'accompagne. Il l'observe déambuler dans la boutique entre les rayons de sucreries et de limoncello. Elle touche tout, des lunettes de soleil, des magnets, des trucs d'enfant, elle rejette en arrière ses cheveux et se pose devant une glace, histoire de voir à quoi elle ressemble avec son *crop top* et son jean déchiré.

Les derniers mois avant l'accident, les seins de sa fille Petra pointaient sous ses t-shirts. Quand le matin Simon lui recommandait d'être prudente sur le trajet du collège, ses yeux basculaient vers le ciel comme s'il avait énoncé une énormité. Elle s'arrêtait aussi devant le miroir du hall avant de disparaître dans les escaliers. Aujourd'hui, elle serait en quatrième, elle porterait des soutiens-gorge et fouinerait dans la boite à maquillage de sa mère. Elle serait surtout vivante.

Un petit nuage de fumée s'élève d'une vitre de la Lancia. Non mais regarde, il fume dans ta bagnole. Le pire, c'est l'odeur de shit qui se propage soudain jusqu'à eux. Et là, Simon explose. Il ouvre la portière à la volée, arrache le joint de la main de Milo et l'écrase sur le bitume. Il aurait envie de hurler mais rien ne sort. Pour un peu, il lui mettrait une baffe, à ce gamin.

Une fois repartis, c'est Francesca qui calme le jeu, non sans pousser d'abord une bonne gueulante. Frontière, drogue, flics, taule. Non mais sérieux, Milo... Au premier silence, Simon en rajoute une couche. C'est moi qui suis responsable de vous, tu le sais ça. Donne-moi cette merde. Il fixe l'adolescent dans le rétroviseur, n'y trouve qu'un regard d'enfant perdu qui marmonne des OK, OK... Il finit par tendre sa barrette de shit, laquelle vole aussitôt par la fenêtre.

Ça commence à faire un peu beaucoup pour Simon. Surtout lorsque le silence dans l'habitacle l'incite à récapituler. Il se rend à Turin pour assister à un concert de rap avec les enfants de son bourreau. La fille le prend au minimum pour son nouveau père, et son frère fait tout pour se faire engueuler comme un fils. Et lui ? Il joue son rôle à merveille. Pète un câble comme il se doit. Retrouve son calme avec une aisance déconcertante. Comme s'il avait oublié qu'il avait lui-même fumé des joints et sniffé de la coke avec Milo. Mais putain, c'est quoi ce film ?

Fuck... Had et Nemo sont déjà à l'Arena, souffle Milo. Ils sont arrivés ce matin. Paraît que c'est déjà chaud, comme ambiance... Simon avait oublié qu'il y avait d'autres comparses présents à la soirée. Daphné avait refusé que ses propres enfants fassent bande commune avec eux pour un trajet en train. Simon aurait certainement eu le même réflexe. Une autre idée le traverse : la confiance de Daphné à son égard. Elle les a laissés partir avec lui. Comme si c'était une évidence.

On peut pas... ? Non. Un vrai Non. L'adolescent n'insiste pas. Un vague silence, puis Francesca prend le relais. Elle sait adopter des voix de circonstance. Had et Nemo, c'est des bons, des purs. Ils sont à fond dans la musique. Un jour, c'est sûr, ils vont percer... Simon l'arrête. On va se poser d'abord, OK ?

Pas question d'aller faire le pied de grue quatre ou cinq heures avant le concert. Ce n'est pas pour rien que Simon a réservé des chambres à l'hôtel Roma, loin de l'Arena mais près de ses souvenirs. Premier voyage avec Beate, premier passage de frontière, premier hôtel. Plein centre, près de la gare Porta Nuova. C'était lui qui, pour une fois, avait eu cette initiative. Une surprise pour célébrer l'anniversaire de son amoureuse. De la ville en vérité, ils n'avaient pas vu grand-chose. Avaient-ils plus tard autant fait l'amour en si peu de temps ? L'hôtel Roma était demeuré entre eux comme un clin d'œil, une sorte de référence intime. Des années après, Beate avait découvert qu'un célèbre écrivain italien y avait mis fin à ses jours.

Trois fois qu'il tourne autour de la piazza Carlo Felice, comme le lui indique son GPS. Soudain, devant l'hôtel, un véhicule libère une place. Un type sorti de nulle part s'interpose, comme pour offrir gracieusement ce créneau libre à Simon. À peine sont-ils sortis de la voiture que l'homme s'approche. Il sent la transpiration et l'alcool, et dégage quelque chose d'autre de malsain. Son regard, peut-être. À peine a-t-il reçu son obole qu'il disparaît en boitant vers le parc voisin.

◆

Allongé sur son lit, Simon essaie de vider son esprit et de laisser retomber la pression. Il inspire et expire lentement comme il sait désormais le faire dans ces cas-là. Tout est respiration, répétait le kiné. Cette phrase ne voulait rien dire et en dépit de son état, elle déclenchait chez lui un sourire intérieur. Pourquoi replonger encore dans cette période ? Il se revoit déambuler dans les couloirs et croiser d'autres fantômes. Qu'avaient-ils vécu, eux, pour se retrouver dans cette taule médicale ?

Des hommes, des femmes, certains visages lui revenaient. Mais il ne s'était attaché à personne. Atelier peinture, poterie, jardinage... Il faut réapprendre à vivre, ne cessait-on de lui répéter. Il se contentait de marcher dans le grand parc, d'écouter les oiseaux et de capter la rumeur de la ville. La seule chose qu'il avait tentée, c'était d'apprendre l'allemand. On lui avait donné accès à un ordinateur, à des livres, mais ses facultés de concentration paraissaient se dissoudre au moindre effort.

◆

Rires familiers et chuchotements dans le couloir. Toc-toc à sa porte, qui s'entrouvre sur le visage de Francesca. Dis, Simon, est-ce qu'on pourrait descendre faire un tour ? Pas loin, juste le parc en face. Il lâche un Ouais atone à l'instant où son téléphone vibre. Bien arrivés ? Les enfants sont sages ? s'interroge Daphné. Il voudrait juste répondre par un pouce levé. Il ne peut s'empêcher d'y ajouter : Tout va bien, nous avons fait bonne route, nous nous reposons à l'hôtel.

Il ferme les yeux et reprend ses exercices de respiration. Lentement. Le monde se dérobe, le temps perd de sa consistance. Il est au parc de la Tête d'Or. En quelle année déjà ? Bizarre de se poser cette question. Peut-être que quelque chose s'est produit avant qu'il ne se retrouve ici, devant la cage vide de l'ours. Le parc aussi lui semble désert. Mais le danger lui semble d'une autre nature. Ce qui l'angoisse soudain, c'est qu'il ne sait plus où sont ses enfants. Simon manque tomber de son lit.

Il regarde sa montre puis l'écran de son portable. Il a dû s'assoupir presque une heure. Il pense à son rêve. Il n'y a plus d'ours au parc. Le dernier faisait pitié. Max devait être trop petit mais Petra, elle, l'avait vu. Elle avait tiré son père en arrière comme pour l'entraîner ailleurs. Le soir, croyant bien faire, Simon avait voulu lui raconter encore l'histoire de Boucle d'Or et, les yeux mouillés, elle avait vivement secoué la tête. Ça existe pas des ours comme ça, dans la vraie vie.

Il se lève et ouvre la porte-fenêtre. Le jour a décliné et les arbres forment des îlots sombres et opaques. Mais il y a du monde qui grouille par endroits, c'en est même curieux. Il lui faut du temps avant qu'il ne distingue, parmi toutes ces silhouettes grises, celles de Milo et Francesca.

En sortant de l'hôtel, il entrevoit le type qui boite en train de déambuler le long des voitures en stationnement. Simon cherche une entrée, s'oriente comme il peut. Aucun promeneur, juste une faune qui squatte les bancs et les zones les plus obscures du parc.

Enfin les voilà, tous deux amalgamés à une bande de garçons et filles aux looks divers. Ça parle, ça rigole, ça fume, et l'odeur du shit lui sature aussitôt les narines.

Il se plante à quelques mètres du groupe, conscient de sa position absurde. Francesca l'a repéré, mais Milo ? Ça ne change rien d'ailleurs. Si ce n'est que d'autres regards se posent sur lui. Quelqu'un paraît s'interroger en italien. Ce qui fait marrer les autres. Des canettes circulent de main en main. Simon en a déjà assez vu. Il s'approche et crève le plafond sonore : Vous venez ?

Et des *ciao* et des *goodbye*. Ça dure encore au moins cinq minutes avant que ses protégés se détachent du banc, du groupe, que le frère salue et re-salue ses nouveaux potes, que sa sœur donne son numéro à une espèce de beau gosse qui lui colle un baiser au coin de la bouche et pose une main sur sa hanche. C'est qui ce mec ? lui demande Simon. T'es jaloux ? lui répond Francesca.

Ils sortent du parc. Simon marche en avant, comme s'il voulait imprimer un rythme, eux traînent dans son sillage, on dirait qu'ils le font exprès. Milo a dû fumer, sa sœur non. L'homme qui boite les salue. Il donne le change avec ses quelques formules en français. Ça va les jeunes ? Tranquille... Elle est belle mademoiselle, la princesse.

Avant de partir au concert, Simon a prévu qu'ils iraient boire un verre à l'hôtel. Il a le souvenir d'un bar classieux et feutré. Un sas idéal avant la grande soirée pour laquelle il éprouve presque une forme de curiosité. Les enfants téléphoneront à leur mère. Il leur soufflera l'idée d'un selfie commun. Pour rassurer Daphné ? Vraiment ?

Putain, mon sac... Milo s'immobilise dans le hall. J'ai dû l'oublier sur le banc. Il s'apprête à foncer en sens inverse. Simon le retient par le bras. Attends, on vient avec toi.

De rares lampadaires éclairent vaguement le parc. Les silhouettes y semblent plus nombreuses, les voix plus sonores, l'odeur de drogue encore plus prégnante. Seul le banc où Francesca et Milo stationnaient avec les autres est vide de tout occupant. Le petit sac blanc à bandoulières gît au sol, ouvert et vide.

Ils errent quelques minutes dans une semi-obscurité, Milo les précède, circule de bande en bande, dévisage les uns et les autres, ne reconnaît personne. Des ombres passent, un couple disparaît dans les fourrés en riant, de la musique sort d'on ne sait où. Francesca tente de joindre le beau gosse, pas de réponse. Que faire de plus ?

Putain, répète Milo. En sortant du parc, ils entrevoient le boiteux. Simon l'interpelle et lui explique ce qui s'est produit. L'autre tarde à comprendre, c'en est même suspect. Puis il adopte un air aussi concerné que désolé. Je ne connais pas les personnes dans le parc. Il esquisse une moue de réprobation et désigne l'obscurité voisine. Mauvaises personnes, drogue, beaucoup drogue.

◆

Ils se retrouvent comme prévu dans le bar classieux et feutré de l'hôtel Roma. Simon hèle le garçon. Francesca et Milo commandent des sodas. Lui hésite un instant et demande une eau gazeuse. Ils n'ont pas encore échangé un mot. À peine les boissons élégamment servies, Milo explose en larmes.

Simon a aussitôt cette image : Max, son propre fils, que sa maîtresse de CM1 trouvait si étourdi. Et c'est vrai, il l'était. Aurait-il aussi oublié son sac d'ado sur un banc ? Francesca est comme désarmée. Elle passe une main dans les cheveux de son frère, puis l'embrasse sur la tempe. Milo éponge ses yeux dans son t-shirt Euphoria. Putain, désolé...

Le sac vide repose sur la table devant eux. Plus de billets de concert, plus de papiers, plus de téléphone. Tous trois demeurent silencieux. Milo finit par fixer Simon. Francesca fait de même avant de laisser retomber sa tête sur l'épaule de son frère. Comme si leur ange-gardien disposait d'une solution.

Max avait perdu son doudou – un lapin en peluche – lors d'une promenade familiale. Ils traversaient tous les quatre la place Bellecour quand une puissante averse s'était déclenchée. Ils s'étaient mis à courir pour atteindre au moins la ligne d'arbres. Simon avait saisi Max dans ses bras pour accélérer leur course. Ce n'est que parvenu au parking souterrain que l'enfant s'était mis à pleurer. Simon était remonté seul sur le terre-plein. Il y avait erré un moment, en vain, alors que la pluie opaque continuait à tomber et formait déjà d'immenses flaques. Il se souvient encore de ce ciel si sombre et de cette grande tristesse qu'il avait éprouvée pour son fils. Seul le nom du doudou disparu lui échappe.

On fait quoi ? La voix floue de Francesca le tire de ses pensées. Milo aussi a une voix sans consistance. On pourrait pas faire un p'tit tour là-bas ? À l'Arena... Sentir l'ambiance au moins...

◆

Corso Unione Sovietica. Simon prend en photo la plaque. Au cas où. Il n'a jamais eu un grand sens de l'orientation. Il pourrait leur demander si ça leur dit quelque chose, l'Unione Sovietica, mais à quoi bon ? Très vite, tous trois se trouvent mêlés à un flux de jeunes gens qui progressent dans la même direction. Il se trouve étrangement léger, presque semblable à ceux qui marchent à ses côtés. C'est comme s'il se sentait libéré de tout. Même de la tristesse. Il flotte.

Simon entrevoit une brèche de lumière en lui. Ça ne va pas durer, ça ne peut pas durer. Les voilà parvenus sur l'esplanade, face à l'immense structure de l'Arena. Cette foule pour Travis. Des mots fusent, en italien, en français, en anglais. Un bouillon de voix juvéniles. Il extrait son portable de sa poche et immortalise ses deux protégés. Un selfie ! La photo est nette et cadrée, en plus ils sourient tous les trois, reste juste à cocher Daphné Houser et il presse la touche Envoi.

Peut-être que cela tient au peu de ce qu'il sait sur Travis Scott, que malgré tout il a écouté en boucle une journée entière, en tout cas Simon éprouve la sensation d'être sur la même fréquence que ceux qui l'entourent. Même la densité de l'air qu'il respire lui paraît d'une autre nature. Ça ne veut rien dire, se répète-t-il, rien.

Et alors qu'ils déambulent au hasard, presque au ralenti, Francesca prend du recul face à lui, le considère comme si elle l'évaluait, de la tête au pied. C'est fou, on dirait qu'elle a perçu quelque chose de singulier dans son attitude. Tu sais, Simon, avec ton look, t'es juste un mec à sa place. C'est dingue comme tu fais jeune, en fait ! On dirait même que t'as rajeuni ! Il hausse les épaules, sourit, pas plus.

Daphné vient de répondre. Bonne soirée à vous ! suivi d'un cœur. Simon n'a jamais saisi l'usage de certains émoticônes, notamment le cœur. Peut-être parce qu'il ne l'interprète qu'au premier degré. Parce que sinon, à quoi ça sert ? Beate n'utilisait dans ses SMS que des mots anglais pour manifester sa tendresse. *Love, kiss, I miss you*. Et lui ? Il avait fini par l'imiter, c'était leur pudeur intime, pour se dire le plus en écrivant le moins. N'empêche que ce cœur le perturbe.

Milo bondit soudain devant eux. Agite ses bras comme les pales d'une éolienne. Et deux silhouettes répondent par des gestes plus mollement désordonnés. Had, Nemo ! C'est eux, les potes, lui clame Francesca. Deux ados aux longs cheveux bouclés s'approchent d'une démarche nonchalante. L'un porte un t-shirt noir floqué *Pop Smoke for (N)EVER* et l'autre une veste sherpa blanche qui lui donne des airs d'ange. Ils ont l'air doux, ces garçons.

Had, Nemo, Simon… Salut… On a dû les briefer sur sa personne et il lit dans leur regard une forme de respect ou de compassion. Milo s'exclame : Regarde, on a le même *bag* avec Had, un George Gina & Lucy. Comme pour en faire monter le prix, il détache bien les prénoms et les syllabes. Ces cons, ils ne l'ont même pas chouré. Et il désigne ses chaussures : mes *shoes*, c'est des Off White comme Nemo. Ouais, ouais… dis plutôt à Simon que t'es un copieur ! lui balance Francesca. Son frère secoue la tête. N'importe quoi…

Un banc vient de se vider et le petit groupe s'y installe, moitié assis, moitié par terre. Simon anticipe les politesses des jeunes gens et se laisse glisser au sol, en tailleur. Le récit du sac vidé provoque d'abord consternation – Sérieux ? – et cortège de Merde Fuck Fait chier empathiques. Et y'a pas moyen de… Non, c'est *sold out* depuis on sait plus quand… Vous nous raconterez, les mecs…

Nemo extrait un joint de son propre sac Prada qu'il prend bien soin de refermer. On s'en fume un petit avant qu'on se barre. À toi l'honneur, Milo. Ce dernier lance un infime coup d'œil à Simon, l'air de quémander une bénédiction et en échange, il reçoit un sourire incrédule. Merci, mec. Sans qu'on sache qui il remercie vraiment.

Le joint tourne. Francesca et Simon passent leur tour. Pas de commentaires ni d'insistance. Un nuage de grand calme. L'esplanade commence à se vider et les silhouettes à converger vers les entrées. Un certain embarras se lit dans les yeux de Had et Nemo. L'un se triture les cheveux, l'autre se cramponne au bout de joint, qu'il finit par tendre à Milo. Tous se lèvent. Petite gêne, petits saluts rapides et ils se séparent.

Quand son téléphone vibre dans l'obscurité, il ne sait plus où il est. Il cherche à tâtons autour de lui, manque tomber du lit et finit par toucher l'écran qui s'éclaire.

Je viens de rentrer de ma réunion tennis et Gian n'est pas là. Il a laissé un mot où il est juste écrit Pardon. Suis très inquiète. Ne dites rien aux enfants.

Il est 23 heures 55. Simon allume la lampe de chevet. Cherche dans sa tête embrumée une réponse, qui ne vient pas. Il appelle Daphné. Elle lui raconte comment elle a quitté son mari quelques heures plus tôt pour se rendre à sa réunion. Ils se sont disputés avant son départ. Comme tous les jours, lâche-t-elle. Ça ne va plus du tout. Au fur et à mesure qu'elle parle de cet homme, il s'aperçoit qu'il ne l'écoute qu'à moitié. Il voit Daphné, mais il ne voit plus Gian ou plutôt Houser. Houser peut mourir. Peut-être même que c'est déjà fait. Peut-être qu'il était déjà mort quand il l'a rencontré la première fois.

Il rembobine le film de ces dernières semaines. La première scène. La sacoche avec le couteau. Et ce zombie.

Prévenir la police ? Attendez demain matin, Daphné. Il sera revenu. Quand Simon raccroche, un curieux sentiment se propage en lui. Comme tout à l'heure sur l'esplanade de l'Arena. Une sorte de tranquille distance.

Il éteint la lumière et ferme les yeux. La voix de Daphné résonne en lui. Son grain, son phrasé, sa délicatesse. N'a-t-elle donc personne de plus proche à qui manifester son inquiétude ? Et puis lui revient cette conversation décousue entre Francesca et Milo quand ils avaient dîné dans une pizzeria au retour de l'Arena. Est-ce sa présence qui avait suscité cette discussion ? Leurs brefs échanges ressemblaient à un ping-pong verbal. Avec des points de suspension. Tu te rappelles quand ?... Et la fois où ?... Ni l'un ni l'autre ne trouvait les mots pour définir la relation de leurs parents. Qu'est-ce qui avait pu unir un couple aussi dissemblable ? semblaient-ils se demander. On aurait dit que c'était la première fois qu'ils osaient se poser ces questions.

Simon ne va pas se rendormir aisément. En y réfléchissant, ce repas a atteint une drôle d'intensité. Surtout quand les deux adolescents ont commencé à le questionner sur sa propre existence et celle des siens. C'était venu presque naturellement. Il s'était livré. Il avait raconté des moments de sa vie, celle de l'adolescent qu'il avait été, celle de l'homme qui avait rencontré Beate et avait fondé ce qu'on nomme une famille.

Il y a eu une plage de silence, comme si le déroulé de son existence suscitait chez les deux jeunes gens une forme d'admiration. Et puis Milo a enchaîné d'une drôle de manière. Il paraît qu'un écrivain célèbre s'est suicidé dans notre hôtel. Comment tu sais ça ? J'ai entendu des gens en parler dans le hall. Il s'appelait Pavese, il a écrit un livre qui s'appelle *Le Bel Été*. Vous l'avez lu ? Non, Simon n'avait d'ailleurs pas lu grand-chose. Nouveau silence. Vous étiez déjà venu dans cet hôtel ? Oui, pourquoi ? Comme ça, pour rien.

Simon se lève pour boire un verre d'eau. Puis il se dirige vers la porte-fenêtre. Même si le parc baigne en partie dans les ténèbres, il vient de distinguer plusieurs silhouettes qui s'y déplacent. Quel manège s'y trame, à cette heure ? Le visage de traître du boiteux lui revient. Le bleu d'un gyrophare inonde le parvis de la gare avant qu'une ambulance ne passe en silence et à toute vitesse. Il retourne s'allonger. Il tâte la petite excroissance laissée par la tique. Ça fait un moment qu'elle ne l'a pas démangé.

◆

C'est comme à l'aller. Passé le périphérique turinois et les derniers échangeurs qui mènent à la France, Francesca et Milo s'endorment lentement. Ils ont pourtant été vifs et bavards depuis le petit-déjeuner et la sortie de la ville. Simon n'a pas baissé le volume de l'autoradio. La voix et la musique de Pop Smoke emplissent l'habitacle. Avant de plonger dans le sommeil, Milo a raconté comment le rappeur, après avoir donné par inadvertance son adresse de Hollywood Hills sur les réseaux sociaux, s'était fait attaquer par un gang en pleine nuit. Après l'avoir abattu, ils lui avaient dérobé sa Rolex. Une histoire de fous. Non, une histoire de rappeurs, avait nuancé Milo. Avant de rectifier : Ouais, de rappeurs un peu cons.

L'adolescent lui a aussi expliqué à quel point le rap d'outre-Atlantique n'a rien à voir avec son pauvre équivalent français. Ça plane si haut, tu peux pas savoir, Simon ! En réalité, rien de cet univers ne lui parle. Il saisit parfois des bribes de paroles, il sait de quels rêves ou de quelles aspirations est nourri le rap. L'argent, les fringues, les bijoux, les grosses bagnoles, les mannequins de pacotille. Tout ce qu'il abhorre. Mais ce qui l'envahit pour le moment, c'est la puissance de cette musique qui frappe les tympans sur un tempo irrépressible. Cette énergie engendre en lui de la rage, de la force, mais aussi une forme de paix intérieure. Un chaos qui le régénère. Il n'en revient pas d'aimer ça.

Simon a passé une nuit bizarre. Il n'a fait que somnoler, à la manière de ces skippers qui restent toujours sur le qui-vive. De cet entre-deux nocturne, des images de rêves lui reviennent. L'une persiste plus que les autres. Route de campagne, lumière d'été. Il doit avoir une douzaine d'années, il est sur son vélo, oui, le sien, son VTT rouge, et il pédale sans tenir son guidon, les bras tendus à l'horizontale, comme les ailes d'un avion. Il se voit sourire, mais à qui ? Sa mère ? Oui, ce doit être sa mère ! Soudain, son téléphone vibre. Daphné. Vous pouvez me rappeler, Simon ?

◆

Un promeneur l'a retrouvé dans un petit bois près de la maison. Il s'est pendu. Simon dérive sur le parking de l'Autogrill. Il jette parfois un œil sur sa voiture, où il distingue les têtes endormies de ses deux protégés. Daphné est rentrée chez elle et le corps de son mari a été transporté à la morgue en vue d'une autopsie.

Simon est aimanté par le grain de sa voix. D'elle à lui, graves ou neutres, les mots passent, glissent avec naturel. Lui est-elle devenue d'une telle évidence ? Fallait-il un mort de plus pour cela ? Simon est enfin à cette juste distance qui le met hors d'atteinte de tout péril. Il tient debout. Il voit clair. Au-dessus de lui, les glaciers sont presque phosphorescents. À tout à l'heure, se lâchent-ils avant de raccrocher. Au bar, il commande un expresso et surtout un grand verre d'eau.

Nous sommes déjà en mars. Il paraît que Milo s'est remis au skate et que Francesca est amoureuse de Had. Le ciel est d'une pureté qui laisse penser que l'été est déjà là, en douce ou à son insu. Preuve, la remise en service de certains terrains en terre battue. Celui qu'a choisi Daphné est à l'extrémité du club, presque à l'écart, et donne sur des jardins et des villas qu'on pourrait qualifier de désuètes.

Quand Simon tire sur les languettes métalliques, les deux boîtes poussent un soupir de canettes de soda. Les balles jaunes roulent sur le sol ocre. Il extrait sa Wilson et, comme animé par un ancien réflexe, tapote le tamis. Tous deux ont opté pour le short, même si le sien date déjà de quelques années. Il savait que la peau nue de sa partenaire le troublerait.

Chacun rejoint sa ligne de fond. Il se retourne brièvement sur Daphné, sa démarche si fluide dans l'air du matin, les infimes exhalaisons de son parfum. Les voilà face à face, si loin, si près, dans la géométrie si rassurante d'un court de tennis. De l'autre côté du filet, la silhouette de la joueuse esquisse quelques mouvements de raquette, sautille sur place et en dépit de cette distance qui les sépare, il distingue son sourire. Elle est prête. À lui désormais de lancer la première balle.

Remerciements

Tous mes remerciements à Estelle Durand, mon éditrice, pour l'intensité et la finesse de ses lectures, pour son incroyable efficacité dans tous les domaines et pour la confiance qu'elle m'a toujours accordée.

Fictions Asphalte

Dernières parutions

Diniz Galhos » *Hakim*
Aymen Gharbi » *La Ville des impasses*
Francisco Suniaga » *L'Île invisible*
Edyr Augusto » *Casino Amazonie*
Aníbal Malvar » *Lucero ou la vie fulgurante*
Jean-François Dupont » *Villa Wexler*
Boris Quercia » *Les rêves qui nous restent*
Martín Mucha » *Tes yeux dans une ville grise*
Catherine Leroux » *L'Avenir*
Philippe Castelneau » *Motel Valparaiso*
Jordi Ledesma » *La Nuit sans mémoire*
Emmanuel Villin » *La Fugue thérémine*
Ricardo Romero » *Les Chiens de la pluie*
Makis Malafékas » *Dans les règles de l'art*
Aymen Gharbi » *Le Centre d'appel des écrivains disparus*
Antônio Xerxenesky » *Une tristesse infinie*
Antoine Philias » *Plexiglas*
Catherine Leroux » *Madame Victoria*
Boris Quercia » *Les Derniers Maillons*
Jean-François Dupont » *L'Échappée*
Kimberly Garza » *Les Dernières Karankawas*
Timothée Demeillers » *Le Tumulte et l'Oubli*
Makis Malafékas » *Un autre été grec*
Antoine Philias » *Walabi*
Pauline Vetter » *Un été contraire*
Jean-François Dupont » *De rares nuages*

La playlist qui figure sur le rabat de fin
accompagne et prolonge votre lecture.
Les morceaux ont été sélectionnés
par Jean-François Dupont.

Cette playlist est également en écoute sur
le site de la maison : www.asphalte-editions.com